서정시학 신서 5

동시의 세계

박목월

박목월(朴木月 1916-1978)

경북 경주 출생. 1933년 대구 계성중학 재학중 동시 「통딱딱 통딱딱」이 『어린이』에, 「제비
맞이」가 『신가정』에 당선되었다. 정지용에 의해 1939년 『문장(文章)』에 시가 추천됨으로써
시단에 등장하였다. 시집에는 『청록집』(1946. 조지훈, 박두진과의 3인시집), 『산도화』
(1955), 『난 · 기타』(1959), 『청담』(1964), 『경상도의 가랑잎』(1968), 『무순』(1976), 『크고 부드
러운 손』(1979. 유고시집)이 있으며, 월간지 《아동》, 《심상》 등을 간행하였고 예술원 회원과
한국시인협회 회장, 한양대 문리과 대학장 등을 역임하였다.
아시아 자유문학상(1955), 대한민국 문학상(1968), 서울시 문화상(1969), 국민훈장 모란상
(1972) 등을 수상하였다.

서정시학 신서 5
동시의 세계

2009년 6월 20일 초판 1쇄 발행

지 은 이 · 박목월
펴 낸 이 · 김구슬
펴 낸 곳 · 서정시학
편   집 · 최진자 · 인차래
인   쇄 · 서정인쇄

주   소 · 서울시 성북구 동선동 1가 48 백옥빌딩 6층
전   화 · 02-928-7016
팩   스 · 02-922-7017
이메일 · poemq@dreamwiz.com
출판등록 · 209-07-99337

ISBN 978-89-92360-3   03810

값 24,000원
잘못된 책은 바꾸어 드립니다.

서정시학 신서 5

동시의 세계

박목월 지음

서정시학

시는 누구나 쓸 수 있다. 여러분은 시를 쓰는 것이 특별한
사람의 특별한 일처럼 생각하기 쉽다. 그러나 그것은 시가
무엇임을 모르는 사람의 그릇된 생각이다. 시야말로 우리의
가장 아름다운 꿈을 기록하는 일이며, 또한 가장 착한 뜻이
나 생각을, 혹은 참된 느낌을 기록하는 일이다. 그러므로 여
러분 가슴속에 고이는 아름다운 생각이나 느낌을 솜에서 실
을 자아 올리듯 말[文字]로서 기록하는 일이다.

이처럼 시가 우리의 아름다운 생각이나, 참된 느낌에서 빚
어지는 일이기 때문에 시를 씀으로 우리는 햇빛 한줄기에
말할 수 없는 아름다움을 느낄 수 있으며, 이슬 한방울에 오
묘한 이치를 느낄 수 있을 것이다.

시를 쓰자. 시를 씀으로 우리는 느낌을 닦고, 생각을 깊이
하여, 보다 느낌과 생각이 넉넉한 사람이 될 것이다. 느낌과
생각이 넉넉한 사람—다시 말하면 우리는 참되고 착하고 아

름다운 사람이 되는 길이다

『동시의 시계』는, 여러분이 시를 쓰려는 뜻을 지녔을 때
그 길잡이가 되려는 마음에서 쓴 책이다. 그러나 시는 사람
마다 자기의 꿈이나 느낌을 자기대로 쓰는 것이기 때문에
여러분의 꿈이나 느낌을 내가 가르쳐 줄 수는 없는 일이다.
　여러분이 길을 마련해 걸어가야 할 꽃이 만발한 들판 저
편에서 나는 여러분에게 큰소리로 응원하는, 응원자일 뿐이
다. 그리고 여러분이 내 목소리에 조금이라도 용기를 얻는
다면 나의 기쁨은 형언할 수 없을 만큼 크리라.

1963년 1월
지　은　이

‖ 차 례 ‖

VI. 내가 좋아하는 동시

제2부 동시 쓰는 길

제 1 부

Ⅰ. 풀어 쓰는 글과 노래하는 글

1. 작문과 동시

하루는 철수가 시를 쓰시는 아저씨를 찾아갔습니다. 아저씨는 철수를 반갑게 맞이해 주셨습니다. 철수 같은 어린 소년을 아저씨는 무척 좋아하셨습니다.

왜냐구요?

글쎄, 까닭은 아무도 몰랐습니다.

"시를 쓰기 때문일 테지."

그럴지도 모릅니다.

철수가 아저씨를 만나자, 대뜸

"아저씨 한 가지 여쭈어 볼 게 있어요."

하고, 동시라는 것이 무엇이냐고, 질문을 했습니다. 전부터 알고 싶었기 때문입니다. 아저씨는 벙글벙글 웃으시며,

"어린 사람이 쓴 시지."

대답하셨습니다.

"그걸 몰라서 제가 묻나요. 우리들이 쓰는 글에 작문과 시가 있고, 시는 작문보다 짤막한 말로서 깊은 뜻이 있게 표현한 글이 아니에요."

철수가 대답했습니다. 그러자 아저씨는

"다 알면서 뭘 몰라 묻나?"

말씀하셨습니다.

"아니에요, 아저씨."

철수가 아저씨께로 다가서며,

"한마디로 짤막한 글이라지만 작문도 짤막하게 쓰면 동시가 되나요? 그렇지 않죠?"

하고 다졌습니다. 아저씨는 머리만 쓰다듬어 올리며 고개를 기웃거리시더니,

"그런 건 알아 뭘 해."

대답하셨습니다.

"동시가 무엇이냐, 그따위 것은 생각할 필요가 없는 거야. 동시가 무엇이라는 것을 알기 때문에 시가 잘 써지는 것이 아니거든. 이렇게 쓰면 동시가 되는 것일까. 혹은 이것은 작문이 아닐까. 그런 것을 생각하게 되면 오히려 좋은 글을 못 쓰지. 무엇이 되든, 자기의 생각이나 느낌이 잘 나타나는 글이면, 좋은 글이야."

"그러나……"

하고, 아저씨는 한참 생각하시더니,

"이왕 말이 났으니, 내가 문제 하나를 내겠다." 하고,

'3' 자를 종이에 가득하게 써 놓으셨습니다. 그리고 이게 뭐냐 하고 물었습니다.

여러분도 함께 생각해 봅시다. 그 아저씨가 쓰신 것은 다음과 같았습니다.

```
3333333
333333333333
33333333333
33333333333333
33333333333
```

철수는 수수께끼만 같았습니다. 숫자 3만 써놓은, 이것이 무엇인지 알 도리가 없었습니다.

그러나 아저씨의 말씀은 그것이 '개미'라는 것입니다.

어림없는 소리

숫자 3은 숫자 3이지, 개미라니 말도 되지 않는 소리입니다. 그러자 아저씨는 껄껄 웃으시며,

"3자가 무엇처럼 생겼니?"

물으셨습니다.

"더구나, 3자만 주욱 써놓은 걸 봐라. 개미가 꼬물꼬물 기어가는 것 같지?"

(여러분도 다시 아저씨가 써 놓은 3자를 자세히 보셔요.)

철수가 되물었습니다.

"아저씬, 이것이 동시라는 말씀입니까?"

"물론이지."

아저씨는 태연하게 대답하셨습니다.

"동시 중에서도 훌륭한 동시지."

(동시는 이런 것일까?)

철수는 이상했습니다.

"그렇다면 저도 하나 쓰지요."

철수가 종이 위에다 연필로 'ʓ' 자를 가득 써 놓았습니다.

철수가 쓴 것은 이렇습니다.

9999999999999999

"아저씨, 이건 뭐에요?"

"글쎄."

아저씨가 우물쩍거리셨습니다. 그리고는

"열을 지어가는 올챙이라면 어때."

"예, 맞습니다. 올챙이 같지요."

철수가 말했습니다. 그리고,

"이것도 시에요?"

물었습니다.

"아암, 시고말고."

아저씨가 대답하셨습니다.

(이게, 무슨 시람?)

철수는 생각했습니다.

"아니, 아저씨. 이게 무슨 시에요?"

철수가 물었습니다.

아저씨는 한참 생각하시더니,

"이것이 왜, 시가 되느냐고, 그 까닭을 설명하기 전에, 작문과 시가 어떻게 다르냐, 그것부터 얘기하지. 그래야 시가 무엇임을 설명하기가 쉽거든.

작문은 어떤 것이지? 생각한 것이나, 느낀 것을 줄줄 기록한 글이지? 기록한다는 말을 아니? 어떻게 생각했다, 어떻게 느꼈다는 그 사실만 알리면 되는 것이야. 가령, 아까 내가 '3' 자만 써 놓고, '개미' 라고 한 것을, 작문으로 쓰려면 길어지지. 내가 한번 써 볼까?

담 밑에는 개미들이 오글오글 모여 있습니다. 아마, 집을 짓거나, 큰 잔치를 하는지 모릅니다. 영이가

"저 개미 봐, 왜, 저러고 있을까?"

소리쳤습니다. 영이도 이상한 모양입니다. 나도 이상한 생각이 들어, 자세히 들여다보았습니다.

"뭐, 같니?"

영이가 물었습니다. 나는 문득 셈본 책에 있는 숫자를

생각했습니다.

"'3' 자야. 3·3·3·3·3·3·3·3·3·3·3 아유, 많기도
하다."

하고 소리쳤습니다.

이쯤만 설명해야지 그래도, 이 작문은 아직도 설명
이 모자란다.

담 밑이라면,

―학교의 벽돌 담 밑인가?

―우리 집 골목길에 있는 흙 담 밑인가?

―혹은 영이네 집 담 밑인가?

그것이 확실하지 않다.

또……

영이는 누군가?

―한반 동무?

―혹은 내 동생?

그리고,

나는 무엇 때문에 그 담 밑을 지나가게 되었는가?

―학교 가는 길인가?

―엄마 심부름 갔다오는 길인가?

―친구와 놀러가는 길인가?

개미를 보고 어떤 느낌이 들었는가?

―그냥 많다는 생각뿐인가?

―꼬물꼬물 움직이는 '3' 자에서 어떤 것을 느꼈는가?

등등……

작문이라면, 이렇게 앞뒤를 다 설명해야 한다. 그러나 동시는 앞뒤를 설명하지 않고 자기의 느낌만 '느낀 대로 나타내면' 된다.

그래서 개미들이 모여서 움직이는 것을 보자, 문득 개미 한 마리가 '3' 자 같은 느낌이 들었지. 사실 개미의 생김새가 3자 같기도 하거든. 더구나 새까만 그 놈은 바로 셈본 책에 인쇄된 '3' 자가 오밀조밀 모인 것 같다.

그래서 '개미' 가 '3' 자가 되고, '3' 자가 '개미' 가 되어.

―셈본 시간에 선생님께 꾸중 듣던 일

―셈본 시간의 지루한 생각

―숫자에서 느낀 이상한 미운 마음.

―'3' 이라는 숫자가 어째서 사과 세 알이 되는지 의심스럽던 생각.

그야말로 말로 다 할 수 없던 느낌을, 이 개미를 보는 동안에 다시 생각하게 되고 또,

—개미들의 부지런한 생활.

—개미들의 땅 아래 마련한 그들의 마을.

—개미들의 아담한 방.

혹은 개미들은 무슨 생각들을 할까 하고, 늘 이상스럽던 '개미의 마음'을, '3' 자라는 숫자를 생각하며 마음속에 떠오르는, 그 모든 생각을 어떻게 작문으로 표현하겠느냐?

그래서 '3' 자와 '개미'를 3·3·3 하고 써 보았지."

철수는 아저씨의 설명을 듣고도 잘 깨닫지 못했습니다. 그러자, 아저씨가

"작문은 같은 뜻을 이리 저리 달리 나타낼 수 있지만, 시는 그 생각은 그렇게밖에 나타낼 수 없는 것이야. 가령, 아까 '3' 자를

3333

3

   33

3

하고, 적어놓으면 어떻게 되지? 사뭇 달라지지. 몇 마리의 개미가 이리저리 흩어져 있는 것 같고, 그렇기 때문에 우리들의 느낌도 달라질 것 아닌가.

그러나 우리들의 작문은 좀 길게 쓰고, 짧게 쓴다 해서 그 뜻이 사뭇 달라지는 수는 없지.

그래서 한편의 시에서는 말 한마디가 무섭고, 그 앉는 자리가 바뀜으로 사뭇 다른 것이 되어 버리는 거야."

철수는 시란 엄청나게 어려운 것 같은 생각이 들었습니다.

"아저씨, 그럼 시란 엄청나게 까다롭게 어려운 것이에요?"

물었습니다. 아저씨는 그제야

"그럴 줄 알았어. 괜히 시가 뭐냐 알려고 덤비기 때문에 그런 생각이 들지. 자기가 느낀 것을 느낀 대로 나타내면 되지. 느낀 것을 느낀 대로 '나타내라' 는 말이야. 느낀 사실을 설명하라는 것이 아니고,"

대답하셨습니다. 철수가 문득 생각이 나듯이,

"아저씨, 3·3·3 한 것은 아저씨가 지은 시에요?"

물었습니다.

"아니야."

아저씨가 대답하셨습니다.

"프랑스의 루나르라는 분이 쓰신 『박물지(博物誌)』
라는 책에 씌어 있는 거야.

그럼, 하나 더 예를 들자.

이슬이

밤마다 내려와

풀밭에서

자고 갔습니다.

이슬이

오늘은 해가 안 떠

늦잠들이 들었지요.

이슬이 깰까봐.

바람은 조심조심 불고

새들은 소리 없이 나르지요.

「이슬」 윤석중

어때, 누구 집, 어떤 뜰에 이슬을 누구와 어떻게 보았다는 '설명'이 없지. 작문은 '사실을 설명하는 것'이고, 동시는 '느낀 것을 느낀 대로 나타내는 일'이다.

아까, 동시는 짧은 글이고 작문은 동시보다 긴 글이라 했지. 왜, 동시는 짧게 씌어지고, 작문은 길게 씌어질까? 철수, 대답해 봐."

하고, 아저씨가 물으셨습니다.

"동시는 느낌을 나타낸 글이기 때문에 짧지요. 우리가 구름을 보고, 아름답게 느꼈을 때는. 아아, 저 구름! 한마디면 되지만, 그것을 설명하려면 말이 길어지지 않아요. 그러나 작문은 설명하는 글이기 때문에 길어지는 게 아녜요."

그렇습니다. 철수의 대답이 맞았습니다.

그러나 철수는 이상한 생각이 들었습니다. 구름을 보고 아름답게 느꼈을 때,

"아아 저 구름."

하면 시가 되는 것일까?

의심스러웠습니다. 그래서 아저씨보고 물어 보았

습니다.

"아저씨, '아아 저 구름!' 한마디가 시에요?"

아저씨는 고개를 끄덕거리셨습니다.

"그렇지, 그것이 '시의 마음'이지. 시란 그런 마음으로 쓰는 것이지. 그러나 아름다운 구름을 보고, '아름답다'는 느낌 외에 다른 생각이 없었니?

아아 저 구름!
하얀 매 같구나.
둥둥 타고
가 봤으면.

아아 저 하늘!
푸른 바다 같구나.
돛을 펴고 달리는
저 구름 배.

'아름답다'는 느낌으로,
—구름을 하얀 배 같은 생각이 떠오르고,
—배이기 때문에 타고 싶고,

─그리고 하늘은 바다 같으며,

─하늘이 바다이기 때문에 구름 배는 돛을 펴고 달리는 것.

─이것이 '시를 낳는 생각' 들이야.

─아아 아름다운 구름!

하고, 외치고 싶도록 감탄한 마음이 가슴에 있기 때문에 다른 온갖 생각이 피어난 것이지.

그 피어난 온갖 생각을 좀 다독거리고 매만져서 표현해 봐, 무엇이 되나, 그것이 '구름이 아름답다' 는 느낌이 깔린 시가 되는 것이지."

철수가 눈을 깜빡거리며 생각하더니, 곧잘 놀라운 질문을 또 했습니다.

"아저씨. 슬픈 사람이 구름을 보면 슬프게 느껴질 게 아녜요. 그런 사람은 어떻게 해요."

"어떻게 할 게 뭐 있어. 구름이 슬프다는 시를 쓰면 되지. 그래서 우리가 한편의 시를 쓰려면.

첫째, 자기가 지닌 생각

둘째, 자기의 생활 환경

셋째, 자기의 과거.

넷째, 자기의 꿈.

다섯째, 사람마다의 느낌을 받아들이는 사람으로서의 됨됨이.

그런 것 등으로 저마다 빛깔이 다르고, 느낌이 다르고, 보는 눈이 다르고, 생각이 다른 시를 빚게 되는 것이지.”

아저씨의 대답을 듣고도 철수는 확실한 것을 깨달을 수가 없었습니다. 그러자 아저씨가

“천천히 생각해 봐.”

말씀하셨습니다. ‘천천히 생각하라’는 말은 아저씨가 노상하는 버릇입니다.

그러자, 아저씨는

“‘구름’이라는 말이 나왔으니, ‘구름’을 노래한 좋은 시를 한편 가르쳐 주랴?”

하시고, 시를 한 수 읊으셨습니다.

구름은 훨훨 날아간다.

구름은 훨씬 크고 하얀 새

나는 누워 있다. 풀 위에.
너른 들 이름 없는 꽃 사이에.

구름의 환한 날개에서는
빛이 아주 쏟아지는 듯.

하얀 날개의 저 편 끝에
바로 그 아래 그 어느 바로

지금은 어느 고을 하늘일까,
아무도 모르는 산 위엘까.

구름이야 참말 좋고나.
아무 때 아무 데나 날아들 가니.

나도 모르는 그 어느 곳에
나 같은 아이도 있을 터이지.

구름은 훨훨 날아간다.

나는 누워 있다. 풀 위에.

「풀 위에 누워」 기다하라, 박용철 역

이것은 외국 시인이 쓴 작품입니다.

—어느 깊은 산골, 양지바른 산기슭에 누워, 구름을 쳐다보는 외로운 소년.

—그 소년의 눈동자에 어린 파란 하늘. 그 하늘에 떠가는 구름송이.

—저 구름이 떠가는 그 아래는 어디쯤일까. 그곳에도 나같이 외로운 소년이 저 구름을 쳐다볼 거야.

—"바로 지금은 어느 고운 하늘일까. 아무도 모르는 산 위엘까" 라는 구절의, 이 울고 싶도록 쓸쓸한 느낌.

이 '쓸쓸한 느낌으로 먼 나라를 꿈꾸며 그리워하는 것' 이 이 작품에 깃든, 지은이의 느낌입니다. 그러므로 이 「풀 위에 누워」라는 동시는,

—구름이 아름답게 떠 있다.

—나는 혼자서 그 구름을 보았다.

―그때, 저 구름이 떠 있는 그 아래는 어디쯤일까 생각했다.

……이런 사실을 남에게 전하려고 쓴 것이 아닙니다. 작문이라면, 이 사실이 중요하지만 시는 '쓸쓸한 느낌'이 중요합니다. 그 쓸쓸한 느낌이 구름을 바라보며 꿈꾸며 피어올린 생각들, 그 꿈들.

그것이 엉켜서, 한편의 「풀 위에 누워」라는 시를 빚은 것입니다. 마치 물 김이 피어올라, 저 구름을 이루듯이. 그리고 저 구름이 바로 우리에게 온갖 느낌을 베풀 듯이 한편의 시는, 그 모양이 담긴 그것대로의 생각으로 느낌으로 우리에게 한량없는 느낌을, 꿈을, 슬픔을, 그리움을 전해주는 것이다.

2. 동시와 동요

며칠 후에 철수는 큰소리로 노래를 부르며, 또 아저씨를 찾아갔습니다.

바느질 배우는 우리 누나.

바느질 솜씨가 삐뚤삐뚤.

자전거 배우는 우리 언니,

자전거 바퀴가 삐뚤삐뚤.

글씨를 배우는 우리 아기,

써놓고 보니까 삐뚤삐뚤.

뜰 앞을 지나는 개미 거둥,

바람에 씰려서 삐뚤삐뚤.

「삐뚤삐뚤」 윤석중

이것이 철수가 부른 노래입니다.

철수는 문득 자기가 부른 노래가 동요일까. 동시일까? 아저씨께 묻고 싶었습니다.

아저씨의 대답은 간단했습니다.

"그것은 동요이다."

"그럼 어떤 것이 동시에요?"

철수가 물었습니다. 아저씨가 「조그만 하늘」이라
는 작품을 보여 주었습니다.

들국화 필 무렵에 가뜩 담갔던 김치를
아카시아 필 무렵에 다 먹어 버렸어요.

움 속에 묻었던 이 빈 독을
엄마와 누나가 맞들어
소낙비 잘 오는 마당 한복판에 내놓았습니다.

아무나 알아맞춰 보세요.
이 빈 김칫독에
언제 누가 무엇을 가득 채워 주었겠나.

그렇다우.
이른저녁마다 내리는 소낙비가
 하늘을 가득 채워 주었다우.

─동그랗고 조그만 이 하늘에는
제법 고운 구름이 잘도 떠돈다우.

"이것이 동시지.「삐뚤빼뚤」하고,「조그만 하늘」하고 어떤 점이 눈에 띄게 다르냐?"

아저씨가 물으셨습니다.

철수는,

"그야 뻔하죠. '삐뚤빼뚤'은 글자가 3·3·4씩 꼭꼭 맞는데,「조그만 하늘」은 글자 수가 맞지 않지요."

하고 대답했습니다.

"그렇지. 그것이 동요와 동시가 다른 점이지. 그러나 동요와 동시의 모양이 왜 이렇게 달라지는 것일까? 그것을 어떻게 설명할까? 동요는 느낌을 밖으로 굴려, 노래로서 풀어버리려는 것이고, 동시는 느낌을 안으로 모아, 생각하고 살피는 마음이지."

그러자, 철수가 물었습니다.

"아저씨, 느낌을 밖으로 굴린다는 말이 뭐예요?"

"철수야, 만일 네가 멀리 어머니 곁을 떠나 있게 되었다면 어떻게 되지? 엄마가 보고 싶을 게 아니냐. 그때, 엄마가 그립고 보고 싶은 마음을 엄마, 엄마.

보고 싶은 우리 엄마.

　하고, 구슬픈 가락을 붙여, 큰소리로 노래로서 풀
어버릴 수도 있고

엄마,

그리운,

우리엄마.

　하고, 그리운 마음을 찬찬히 안으로 모으며 마음속
으로 어머니의 모습을 그려 볼 수도 있을 테지. '엄
마, 그리운 엄마' 하고 큰소리로 외칠 때, 엄마가 그
립기 때문에 목청도 떨리고 가락이 더욱 구슬프게,
오묘하게 하려면 절로 가락에 힘을 쓰게 될 테지. 그
것이 동요를 쓰려는 마음이야.

　그러나 동시는 그리움을 안으로 모으려는 것이기
때문에 그리움을 외쳐서 풀지 않고, 그리운 어머니
의 모습이며, 웃는 눈매며, 어머니의 목소리며, 손길

이며, 일하시는 어머니의 거둥이며 그런 것을 곰곰이 생각하며 머리속에 그려 보게 될 것 아니냐. 또 그리움을 안으로 모으기 때문에 어머니의 모습이며, 거둥이며, 목소리를 생각할수록 느낌이 물결쳐서, 끝내 흐느끼고 말지. 이 물결치는 그 퍼지는 느낌의 물살, 그 흐느낌, 그 그리움이 복받치는 대로 참으며 마음속에 그려보는 어머니의 모습, 거둥, 말씨.

이것을 그것대로 나타내는 것이 동시를 쓰는 마음이지. 그래서 '그리운 마음'을 다음과 같이,

엄마
그리운
우리엄마.
엄마의 웃는 눈매.
하얀 손짓.
삼삼한 목소리.
목소리. 목소리. 목소리.

아아,
엄마.

표현했다면 그것이 시지.”

철수는 말없이 생각하고 있더니, 아저씨께 가만히 질문을 했습니다.

“아저씨. 그럼, 동요를 4·4조, 6·5조하고 글자 수를 맞추게 된 까닭은 뭐예요?”

“노래를 부르려니 절로 가락을 다듬어야 하지 않겠니. 그러니 동요는 절로 노래하는 가락으로 이루어지게 된 것이지.”

“아저씨. 그럼, 글자 수가 맞는 것은 다 동요고, 그렇지 않는 것은 다 동시예요?”

철수가 따지자, 아저씨는

“그렇지 않다. 그렇게 따질 것이 아니야.”

라고, 대답했습니다.

“그럼 뭐예요?”

“뭐냐고?

작품을 보여주고 얘기하지.”

까치가 울었다.

산울림.

아무도 못들은

산울림.

까치가 들었다.

산울림.

저 혼자 들었다.

산울림.

「산울림」 윤동주

「산울림」이라는 동시이다. 글자 수가 모두 석 자씩 꼭꼭 맞는다. 그러나 이것은 노래하기 좋게 하려고, 글자를 맞춘 것이 아니다.

까악 까악 우는 까치의 울음을 나타내려고 일부러 석 자씩 맞춘 것이다.

그러므로 이 작품의 글귀 하나하나는 까치 울음 한마디 한마디라 생각할 수 있다.

까치가 울었다.

산울음.

아무도 못들은

산울음.

은, 곧 까치의 울음이 된다.

까아악 까아악
까악

까아악 까아악
까악

그래서 석 자씩 맞추어 씌어진 「산울림」이라는 작
품을 읽으면, 깊은 산골 외로운 나뭇가지에 앉아 우
는, 그 까치의 쓸쓸한 울음 소리를 느끼게 된다.

아롱다롱 나비야
아롱다롱 꽃밭에
나풀나풀 오너라.
붉은 꽃이 웃는다.
노랑꽃이 웃는다.
앞뜰 위에 홀로 핀

복사꽃이 웃는다.

너를 보고 웃는다.

「아롱다롱 나비야」의 한절, 목일신

"이 노래를 읽어 봐라. 글자가 넉 자, 석 자씩 맞아, 읽으면 저절로 노래가 될 것 같다. 그러나 따지고 보면,

꽃들이

너를 보고 웃는다.

나비야.

이리로 놀러오너라.

라는 뜻이다. 글자를 맞춘 것은 노래하기 좋도록 맞춘 것에 지나지 않는다."

철수는 아저씨의 이야기를 듣고 나더니, 고개를 갸웃거리며 말했습니다.

"아저씨, 참 이상한 것이 있어요.

어떤 시에는,

'아기는 잘 잔다.'

한 줄로 썼는데, 다른 시에는

'아기는

잘 잔다.'

두 줄로 썼으니, 웬일이에요?"

"그래. 그것뿐만 아니지."

'아기는 잘 잔다.'

'아기는 잘

잔다.'

'아기는

잘

잔다.'

'아기는

잘 잔다.'

하고, 여러 가지로 쓸 수 있지. 그것은 이런 까닭
이다.

① '아기는 잘 잔다.' 라는 구절은, 잘 자는 아기에
대한 우리들의 느낌이 물이 흘러가듯, 한 갈래로 조
용히 흐르는 것.

② '아기는 잘

잔다.' 라는 구절은, 잘 자는 아기에 대하여, '자는 것'이 유별나게 세차게 느껴진 것이다. 그러므로 읽을 때, '아기는 잘 잔다.'로 읽지 않고, '아기는 잘 / 잔다.' 하고 중간에 한 번 쉬었다가 다시 읽는다.

우리가 엄마를 부를 때, 그냥 '엄마' 하지 않고 '어 엄마' 하면, 아양을 떨게 되는 느낌이 들지. 그것과 마찬가지야. 혹은 '엄마아' 하면, 우리의 마음을 송두리째 어머니에게로 솟질러버리는 느낌이 나지. 이런 마음의 느낌이 우리들의 숨결을 길게 느리게 하여, 우리 말에 가락을 베풀고, 그 가락에 느낌이 실리지. 그것을 살리려고 글귀를 끊기도 하고 잇기도 하지.

③ '아기는

    잘

    잔다.'

는, '아기는 / 잘 / 잔다.' 하고, 한마디 한마디를 또박또박 생각하며 소리내는 것이다.

이렇게 우리의 숨결이 시에 깃들게 된다. 그 숨결을 잘 살리는 것이 동시의 재미나고 묘한 표현이다.

II. 꿈을 짜는 베틀

1. 동시는 무엇에 필요한 것인가?

옛날 동요에 이런 노래가 있다.

　　명주꾸리 감세.

　　실꾸리 감세.

꾸벅꾸벅 조으는 아이를 놀리는 노래이다. 밤이 늦
도록 할아버지의 이야기를 동무들과 듣고 있다가,
자기도 모르게 꾸벅꾸벅 졸게 된다. 그러면 동무들

이,

　　—명주꾸리 감세.

　　실꾸리 감세.

　놀려댄다. 명주꾸리는, 명주를 감는 실꾸리이다. 실꾸리는 실을 감은 동그스름한 실 뭉치이다. 베를 짤 때, 북에 넣어 옷감을 짜게 된다. 명주 꾸리나 실 꾸리는 물레로 실을 뽑아내어, 감은 것이다.

　왜, 꾸벅꾸벅 조으는 아이를 명주꾸리를 감고, 실 꾸리를 감는다고 놀려대는 것일까? 아마 실꾸리를 감는 물레가 윙윙 덜컥, 윙윙 덜컥 돌 듯이 고개를 끄덕이기 때문일 것이다.

　혹은 그믈그믈, 조으는 아기 눈에 명주실 같은 졸음이 온다는 뜻일까? 조으는 아기 눈에 맺히는 졸음이 명주실 같은 것이라면은, 얼마나 가늘고 아름다운 실일까. 아기가 꾸벅꾸벅 졸다가 흠박 잠이 들게 되면은, 그 아기는 자면서 온갖 꿈을 꾸게 될 것이다. 그리고 그 꿈은 졸음의 명주실로 '잠의 베틀'에

짜놓은 '꿈의 비단'일 것이다.

　동시도 그런 '꿈의 비단'이다. 다만, 졸음의 명주 실꾸리로 잠이라는 베틀이 짜 놓은 '꿈의 비단'이 아니라, 우리의 아름다운 느낌이나 아름다운 생각의 한오리 한오리를 감은 '느낌의 실꾸리'로 짜놓은 꿈의 비단이다. 그리고 동시의 '꿈의 비단 자락'에 아롱진 무늬는 우리가 슬플 때, 외로울 때, 괴로울 때, 즐거울 때, 우리들의 생각 속에 떠오른 슬프고 외롭고 즐거운 생각이 꾼 꿈들이다.

　그러므로 동시의 '꿈의 비단 자락'에는 우리들의 생활—뛰고, 놀고, 친구를 사귀고, 자고, 눈 뜨고, 혹은 생각하는—그 생활이 고스란히 그려져 있는 것이다.

　우리가 동시를 쓴다는 것은, 우리들 생활 속에서 느끼고, 생각한, 그 느낌과 생각을 한오리씩 모아서 '꿈의 비단'을 짜는 일이다. 또 우리가 남이 지은 동시를 읽고, 무엇을 느끼는 것은, 그 '꿈의 비단 자락'을 펼쳐, 그 비단에 아로새겨진 무늬의 아름다움을 감상(鑑賞)하는 일이다.

　그러면 이 '꿈의 비단'이 왜 우리에게 소중한 것

일까?

① 꿈을 넓게 한다.

눈을 뭉쳐 굴려라.

데굴데굴 굴려라.

모두 나와 굴려라.

지구를 한 바퀴 돌아라.

「눈 굴리기」 윤석중

윤석중 선생이 지은 「눈 굴리기」라는 동시다.

겨울이 되면 눈이 내린다. 눈이 내리면 눈싸움, 눈 굴리기, 눈치기, 눈사람 만들기, 여러분의 생활은 즐거워진다. 여름에는 멱 감기, 헤엄치기, 고기 낚기, 매미 잡기가 재미나듯이 겨울은 겨울대로 재미난다. 어린 소년들의 생활은 여름이나 겨울이나 다 재미난다. 그리고 바깥은 어린이의 세상이다.

왜 어린 소년들은 언제나 재미날까? 하느님이 재미나게 놀도록 세상을 만들어 주셨기 때문이다.

밤이 되면 아기새가

끽소리 없이 지저귀지 않는 것은

웬일일까?

밤이 되면 꽃봉오리가

소롯이 오무는 것은

또 웬일일까?

웬일일까?

풀잎을 곱게

빗방울이 씻어주는 것은.

웬일일까?

도토리를

다람쥐가 좋아하는 것은.

웬일일까?

반짝반짝

햇빛이 춤을 추는 것은,

웬일일까?

즐거운 일만

아기들은 날마다 소복한 것은.

하느님께서

자그마한 것에만 친절히 해 주시는 것은

참말 웬일일까?

「웬일일까?」 엘리자베스 노벨

여름 겨울 없이, 여러분이 즐거운 것은 하느님께서 어린 것에 특별히 친절하시기 때문이다. 윤석중 선생의 「눈 굴리기」의 첫 대목은, 언제나 즐거운 여러분의 생활이 나타나 있다.

눈을 뭉쳐 굴려라.

데굴데굴 굴려라.

"데굴데굴 굴려라" 하는 이 구절에 여러분의 그 즐거운 마음이 얼마나 우쭐대느냐. 덩치가 큰 눈덩이는 좀처럼 데굴데굴 구르지 않는다. 그러나 마음이 즐겁기 때문에 "데굴데굴 구르는 것처럼" 느껴진다. 이것이 '느낌을 나타내는 글' 이라는 것이다.

그러나 이 「눈 굴리기」 중에 가장 소중한 대목은 끝 절이다.

지구를 한 바퀴 돌아라.

참으로 아름답다.

왜, 아름답냐고?

여러분이, 집앞 골목에서 친구들과 함께 손을 호호 불며 만든 그 눈덩이를 굴리고 굴려서 지구를 한바퀴 돌자는 것이다.

집앞 골목에서만은 눈덩이를 굴리고 굴리며 끝없이 가며는 '오로라' (이 말의 뜻을 사전을 뒤져 찾아보라. 여러분이 깜짝 놀랄 만큼 아름다운 것을 알게 될 것이다.)가 찬란하게 뻗친, 영원히 녹지 않는 '얼음의 나라' 에 이르게 된다. 그 새하얀 북극—북극 곰이 울부짖는 밤도 낮도 없는 나라에 이르게 된다. 그 찬란한 '오로라' 아래로 여러분은 눈덩이를 여전히 친구들과 굴리며 가게 된다. 생각만 해도 얼마나 삼삼하고 아름다운 꿈인가.

—새하얀 얼음의 나라에 뻗쳤을 깨끗한 지평선.

—그 위에 뻗친 오로라.

—오로라 아래로 눈덩이를 굴리며 가는 소년 한 떼.

—그때, 그 눈덩이는 얼마나 클 것이냐. 여러분은 그래도 지치지 않고, 더 멀리 멀리 가게 된다.

북극을 넘어서면—그 다음은 에스키모들의 마을, '알레스카'를 지나면 '캐나다'— '캐나다'의 눈과 호수와 눈 속에 잠긴 수풀과 골짝을 지나면 얼음이 유리알처럼 아름다운 북해. —북해를 건너면 햇빛 한 줄기가 금보다 귀한 '스웨덴'—

뿔사슴이 목에 방울을 달고 썰매를 끄는, 그 이웃나라 노르웨이, 그곳의 소년. 그곳의 마을. 다시 북극으로 돌아, 백두산으로 해서, 대한민국, 태극기가 바람에 펄럭이는 우리 나라, 우리 마을, 우리 골목에 돌아오면,

—그때 눈덩이는 서울 장안보다 더 클 것이 아니냐.

—우리 골목에는 여전히 눈이 내리고 있다.

왜냐고?

여러분이 눈덩이를 굴리며 지구를 한바퀴 도는 동안에 한해가 가버리고, 우리 마을에는 또 겨울이 왔기 때문이다.

실로 윤석중 선생이 지은, 「눈 굴리기」의 끝 절― "지구를 한 바퀴 돌자" 라는 구절에는 이런 어마어마하게 아름다운 꿈을 간직했다.

동시는 여러분의 꿈을 자라게 하고 넓힌다.

저 쪼그만 파리 눈에는 쪼그만 것이
얼마나 크게 뵐까.
장미꽃봉오리는 비단 침대.
뾰족한 가시는 창(槍)만큼.

이슬방울이 경대로
머리카락은 금빛 철사.
작고 작은 겨자씨 한 개가
불이 붙은 숯덩이로 보일 테지.

빵덩이가 높은 산,
꿀벌은 무서운 표범일까.

조금 집은 흰 소금이

목동들이 지키는 어린 양떼처럼

반들반들 하얗게 빛나 보일 테지.

「조그만 것」 월터 드 라 메어

　꿈이야말로 여러분의 생활 중에서도 그 중 큰 보물이다. 어른들의 생활은 꿈이 없기 때문에—있어도 여러분만큼 아름답지 않기 때문에 따분하다. 여러분의 지닌 그 꿈으로 말미암아 어른들이 못 갖는 '파리의 눈'을 여러분은 가질 수 있다. 또 꿈을 가졌기 때문에 어린이의 생활은 어른보다 넉넉하다. 그 꿈으로 짜 놓은 것이 동시이다. 그러므로 동시를 읽으면, 그 꿈이 넓혀지고 깊어진다. 여러분의 그 중 값나는 보물이 더욱 넉넉해진다.

　② 느낌을 닦는다.

빡빡, 덜컹덜컹, 보드득보드득.

열심히 유리창을 닦고 있어요.

언니는 빡빡,

오빠는 덜컹덜컹.

떠들며 웃으며

닦아놓은 유리창.

유리창이 없어졌나,

깜짝 놀랐죠.

닦을 때는 힘들어도

보기 좋아요.

「유리창 닦기」 배은숙

서울사대 부속 초등학교 4학년생, 배은숙이라는 친
구가 지은 작품이다.

날씨가 맑은 어느 날—날씨가 맑다는 것을 어떻게
아느냐고. 날씨가 개인 날이 아니면, 이렇게 즐거운
마음이 스민 작품을 지을 수가 없다. 또 "유리창이
없어졌나 깜짝 놀랐죠" 라는 구절은, 유리창에 비친
하늘이 맑고 푸르다는 것을 나타내고 있다.—언니하

고, 오빠하고, 나하고 셋이서 유리창을 닦으며 느낀 것을 동시로 옮겨 놓은 작품이다.

이 작품이 전국 어린이 글짓기 내기에서 특선이 된 까닭이 무엇일까?

첫째, 이 시에 담겨진 정신이 아름답기 때문이다. 놀지 않고, 집안에서 유리창을 닦는 그 사실이 착하고 아름답다는 뜻이 아니다. 시에 담겨진 정신이라는 것은, 어떤 사실만을 말하는 것이 아님을 여러분은 알아야 한다. 그 사실에서 지은 사람이 어떻게 생각하며 무엇을 느꼈느냐? 그 느낌과 생각이 시에 담겨지는 정신이다. 이 「유리창 닦기」라는 작품은 유리창을 닦는 일을 통하여 느끼게 되는 깨끗하고 맑은 것에 대한 감탄—그 깊은 느낌에서 우러나는 놀라움이 이 시에 담겨져 있다. 이 깨끗하고 맑은 것에 대한 깊은 느낌에서 우러난 놀라움을 느껴 본다는 것은 우리들에게 여간 큰 사실이 아니다. 이것은 동생이 귀엽다. 꽃이 아름답다라는 느낌과는 다르게, 더 깊고 크다. 그것이 아름답다.

둘째, 그 표현이 아주 오묘하고 정확하다.

빡빡, 덜컹 덜컹, 보드득 보드득.

이 세 마디 소리는, 언니와 오빠와 자기가 유리창을 닦는 모습과 마음을 용하게 표현한 것이다.

언니는 언니답게, 힘을 들여 '빡빡' 닦는다. 빡빡 소리가 나게 문지르는, 언니의 새빨개진 얼굴이 눈에 보이는 것 같다. 또, 오빠는 오빠이기 때문에 '덜컹덜컹' 소리가 나게 닦는다. 언니만큼 야무지지 못하고, 사내이기 때문에 덜렁거리는 오빠의 성격이 엿보인다. 나는 나대로 '보드득 보드득' 소리가 나도록 힘껏 그리고 정성껏 닦는 것이다. 이 세 마디 소리는, 유리를 닦는 사람들의 성격과 모습과 일하는 행동이 각각 나타나는 표현이다.

셋째, 어린 소녀가 지은 만큼 어린 소녀답게 자연스럽다. 끝절, 닦을 때는 힘들어도 보기 좋아요.— 라는 구절은 어린 소녀답게 어리고 솔직한 표현이다. 또, 이 배은숙 양은 유리창을 닦아 놓고, 왜 "유리창이 없어졌나" 깜짝 놀랐을까? 그것은 유리창이 너무나 깨끗해서 하늘이나 구름이 환하게 비치기 때문이다.

이것은 유리창만이 아니라 우리의 느낌도 맑게 닦으면 닦을수록, 모든 사물—일이나 물건이 또렷하게 여러분 마음에 비쳐오는 것이다.

느낌이 흐린 사람은 사물을 올바르게 깨닫지 못하고, 그것을 정확하게 잡을 수 없다. 아무리 꽃이 아름답고 저녁놀이 찬란하게 어려도, 느낌이 둔한 사람은 아름다움을 느낄 수 없으며, 그런 만큼 그 마음 속에 깊은 느낌을 간직할 수 없을 것이다.

햇빛 한줄기, 이슬 한방울, 꿀벌 한마리, 흙 한줌에 넉넉한 느낌을 간직할 수 없다면은 우리들의 생활은 얼마나 가난하고 따분할 것인가.

내가 만일 사과라면

그리고 가지에 열려 있다면

나처럼 얌전하고 착한 아이 앞에

뚜욱하고 한 개 떨어져 주지.

착한 아이를 기쁘게 안 해주고

뭣 땜에 만날 가지에 달렸게

착한 아이가 오기만 하면

뚜욱하고 떨어져

"자아 맛나게 먹어라."

그 앞으로 떼그르 굴러갈 걸.

「내가 만일」지은이 모름

내가 만일 사과라면…… 이런 것은 느낌이 가난한 사람은 느껴보지 못하는 생각이다. 이렇게 느낌이 넉넉한 생각으로 우리가 사과나무를, 딸기를, 꽃송이를 토끼를 바라볼 수 있기 때문에, 그 사과나 딸기나 꽃송이나 토끼가 우리에게 속삭이는 무엇이 되는 것이며, 그만큼 세상은 더 아름다워진다.

동시는 우리들의 느낌을 아름답게 마련해주고, 또한 동시를 읽고 쓰고 사랑하므로 우리는 느낌이 넉넉한 사람이 되는 것이다.

③ 마음이 넉넉한 사람이 되게 한다.

우리 집 암소는

마음이 순해요.

네 살박이 내 동생이

이러 이러 하며는,

커다란 두 눈을

끔벅끔벅하면서

일어나지요.

「소」 이영자

인천 서림초등학교 3학년생 이영자 양이 지은 「소」
라는 작품이다.

여러분은, 이 작품을 읽고 어떤 생각이 나는가? 네
살박이 어린 꼬마가 이러이러 하고 외치는 소리에
산더미처럼 커다란 소가 눈을 끔벅끔벅하며 일어서
는 그 사실이 여러분에게 어떤 생각을 자아내게 하
는가?

—소는 마음씨가 순하고 부드럽다.

—산더미 같은 소하고 방울만한 아기하고, 다정한
친구 같다.

—암소도 아기를 귀여워하나 보다.

그런 생각이 들 것이다.

또, "커다란 두 눈을 끔벅끔벅하면서 일어나지요.

라는 구절의 '끔벅끔벅' 이라는 말을 어떻게 생각하는가?

—저 어린 꼬마가 왜 일어나랄까? 참 이상하구나

하고 암소도 한참 생각하게 되는, 암소의 다정한 표정이 머리에 떠오르지 않느냐?

—혹은, 암소가 눈을 끔벅끔벅 하는 것이 "오냐, 아가, 일어나마." 하고 대답하는 것 같은 느낌이 들지 않느냐?

그렇다면은 소가 '눈으로 말하는 대답' 을 '끔벅끔벅' 이라는 말이 간직하고 있는 것이 아닐까?

그래서 여러분은 이 「소」라는 동시를 읽으니, 소에 대한 다정스러운 생각이 자기도 모르게 가슴에 가득해지고, 마음속에 웃음을 머금게 되는 것이리라.

이것은 무슨 까닭일까?

이 노래를 쓴, 이 양이 "네 살박이 내 동생이 이러이러 하면은, 커다란 두 눈을 끔벅끔벅하면서 일어서는" 그 암소를 마음이 순한 친구처럼 다정한 마음으로 대하였으며 암소에게 느끼는 다정한 마음이 이노래 속에 담아둔 지은이의 마음씨이기 때문이다.

만일 제가 어머니의 귀여운 아기가 아니고,

강아지라면 어머니는

접시에 담아 놓은 음식을

먹으려 하면

요놈 강아지! 하고 야단을 치겠어요?

저리 비켜, 요놈 강아지.

그렇게 저를 내몰아 쫓으시겠어요?

그러시다면 아예 저는 지금 나가버리겠어요.

아무리 불러보세요. 돌아오나.

어머니 품속에서 누가 자라기나 하겠어요, 뭐.

만일 제가 어머니의 귀여운 아기가 아니고,

새파란 앵무새라면 어머니는

날아가 버리지 못하게

쇠사슬로 저를 묶어 두실 테요?

손가락으로 콕콕 치면서,

이 새는 밤낮 쇠사슬만 물어뜯네.

흉을 보실 테요?

그러시겠다면 저는 지금 가버리겠어요.

숲속으로 날아가 버리지, 뭐.

어머니 손에 다시는 안 잡힐 걸.

「동정」 라빈드라나트 타고르

「동정」이라는 작품이다.

만일 제가 어머니의 귀여운 아기가 아니고,

강아지라면 어머니는

접시에 담아 놓은 음식을

먹으려 하면

요놈 강아지! 하고 야단을 치겠어요?

이 구절의 뜻은, 강아지를 귀여운 아기인 나를 어머니가 사랑해 주시듯 사랑하시겠느냐고 묻는 말이다. 그리고 만일 어머니가 야단을 치시면은, 나는 집을 나가 버리고, 어머니가 아무리 불러도 돌아오지 않겠다는 것이다.

왜?

강아지를 사랑하기 때문이다. 그래서 내가 접시에

담아 놓은 음식을 먹듯, 강아지도 내게처럼 음식을 주고 사랑해 달라는 것이다.

내가 즉 강아지요, 강아지가 곧 어머니의 귀여운 아기라는, 이 생각은 동물을 끝없이 사랑하는 마음에서 우러난 것이다.

동시는 소나 강아지나 앵무새나 꽃이나 풀이나 이슬이나 사람이나 생활을 사랑하는 마음에서 우러나는 생각을 담아 놓은 항아리와 같은 것이다.

동시는

사랑에서 우러난

생각을

담아 놓은

항아리 같다.

그렇다면, 담긴 것은 퍼내버리면 빈 항아리가 아니냐? 그래, 그러면 고쳐 말하지. 동시는 사랑에서 우러나는 샘이라고, 생각을 담아 놓지 않는 글이라는 것은, 있으나마나 소용없는 글이다. 어떤 글에라도 생각이 담겨 있는 것이다. 다만, 동시는 '사랑에서 우러난 생각'을 담고 있는 것이며, 항아리에 담아 놓은 물로서 우리들의 목마름을 풀게 되듯이 동시를 읽고 우리는 강아지나 새나 나무나 꽃이나 사람이나 생활을 더 사랑하게 되는 것이다.

참으로,

내가 내 마음속에 스쳐가는 느낌을 소중히 여기고, 생활을 사랑하고 친구를 사랑하고, 나무나 꽃을 사랑하는 갸륵한 마음이 시를 빚게 한다.

여러분에게는 좀 어려운 말일지 모르겠다. 그렇다면 몰라도 좋다. 여러분이 자기의 느낌이나 생각을 차근차근하게 노래하는 동안에, 또 동시를 사랑하는 동안에 여러분은 아름다운 마음을 넉넉하게 가진 사람이 되어질 것이다.

교실 밖 나뭇가지에 앉은 새를 보고,

—새야, 새야.

불러보는 그 마음이

—저 새는 어디서 왔을까?

—지금 무엇을 생각하고 있을까?

—왜, 알록달록 아름다운 옷을 입고 있을까?

—날개를 나도 가졌으면……

그런 생각을 하게 되고, 그 생각을 종이 위에 적어 두고 하는 동안에 여러분은 자기도 모르게 넉넉하게 아름다운 생각을 가진 사람이 될 것이다.

　이것은 틀림없는 사실이다.

　하느님께서 한 포기 꽃나무를 미끈히 가꾸어 주시듯, 여러분도 여러분이 꾸는 꿈으로 말미암아 아름다운 생각이 자라나게 되고, 그 생각의 뿌리는 사랑의 물줄기를 빨아들일 것이다.

Ⅲ. 어린 마음의 세계

1. 어린 마음의 나라

누구 키가 더 큰가
어디 한번 대보자

발을 들면 안 된다
올라서면 안 된다.

똑 같구나 똑 같애
내일 다시 대보자

키가 똑같기 때문에 '내일 다시 대보자' 하고 여러
분이 친구들과 하는 약속은, 어른의 나라에는 없는,
여러분만의 '귀하고 아름다운 약속' 이다. 어른들은,
'내일' 이라는 것이 여러분과 다르기 때문이다.

어린이 여러분은 하룻밤을, 시간으로 따지지 않는
다.

밤이라는, '하나의 세계' 를 겪는 '무엇' 이다. 어른
은 따분하게 시간으로 따진다.

내 침대는 조그만 배.

할멈이 세일러복을 입혀,

배 떠날 준비를 해서

어둠속으로 배를 밀어

띄워 보내신다.

아아, 안녕히 주무세요.

이 한마디가

배 떠날 때, 이별의 인사.

그리고 두 눈을 꼭 감으면

아무것도 들리지 않고

보이지도 않는다.

배를 타고 떠도는 이 몸은

때로는 잔칫날의 과자 한 조각

때로는 장난감 두세 가지를

언제나 잊지 않고

침대 안에 들고 들어간다.

밤 동안 어둠속을 저어 헤매다가

어느 녘에 환한 아침이 되면

침대의 배는 닿게 된다.

눈 익은 방, 선창가에.

「침대의 배」 로버트 스티븐슨

　여러분이 하룻밤 쉬게 되는 침대는 어둠의 바다를
헤매는 배다. 졸음이 꾸벅꾸벅 노를 젓는 침대의 배
를 타고, 꿈나라로 여행을 하게 된다.
　꿈나라—그것은 이 세상에서 이룰 수 없는 모든 소

원이 이루어는 세계다.

　—날개를 가지고 새처럼 날 수 있고,

　—단박에 야자수가 우거진 나라로 갈 수 있고,

　—장난감들이 말을 하는,

　—동물들이 안녕하셔요. 하고 여러분에게 인사를
하는,

　—그리고 돌아가신 할머니가 버젓이 살아 계시는,
그야말로 이상한 나라다.

　혹은 여러분이 잠이 들지 않으면, 밤이란 유리창에
빛나는 별과 다정하게 이야기를 할 수 있는 세계이다.

　　다정한 별아,

　　너무나 멀리서 너는 빛나는구나.

　　아무리 멀고 멀어도

　　아무리 멀고 멀어도

　　나는 네가 제일 다정하다.

　　나는 네가 제일 다정하다.

　　다정한 별아.

　　네 빛나는 쪼끄만 눈이

언제나 나를

언제나 나를

찾아내어 나만 보는구나.

내 위에 빛나는 별.

다정한 별아.

네 눈이 속삭이는구나.

나를 위해서

나를 위해서

내가 만일 별이라면

나는 얼마나 기쁘겠니.

「다정한 별아」 지은이 모름

　참으로 동시가 귀한 것은 여러분의 어린 생각이 귀하고 어린 마음이 귀하기 때문이다. 만일 여러분의 어린 마음이 생각하는 '내일'이 어른들이 생각하는 '내일'과 똑같다면, 동시가 귀할 까닭이 무엇이겠는가?

　'내일'을 맞이하기 위한, 오늘 하룻밤은 말할 수 없이 너르고 아득하고 이상하고 아름답고 놀라운 나라를 지내는 것이다.

모자야, 모자야.

오 모자는

저기 저 옷에 걸려 잘 있다.

공아, 공아.

오 공은

누나 반짇고리 속에 잘 있다.

딱지야, 딱지야.

오 딱지는

내 호주머니 속에 잘 있다.

나 잘 동안

다 잘 있다. 다 잘 있다.

「잠 깰 때」 윤석중

이 「잠 깰 때」를 읽어보라 얼마나 여러분의 마음이
용하게 나타나 있는 것인가.

하룻밤을 지냈는 데도 공이나 바지가 제자리에 고

스란히 있는 것이 이상하지 않을 도리가 있는가?

혹은,

촉 나거라,

분꽃씨.

하룻밤 자고

하룻밤 자고

촉 나거라,

분꽃씨.

「분꽃씨」 초등학교 학생작품

하룻밤 동안에 분꽃씨가 촉이 나게 되는 이 이상한
사실.

여러분이,

—어떻게 꿈을 꾸게 될까?

—꿈이란 무엇일까?

—왜, 밤이 올까?

—밤이란 무엇일까?

─아침은 왜 올까?

─아침은 왜 꽃송이가 벌리게 되고,

─새벽 하늘은 왜 붉게 물이 들까?

그런 생각을 가지는 것은, 여러분이 '아무 것도 모르기 때문'에 그런 생각을 하게 되는 것이 아니다. 그 까닭을 어른도 모른다. 밤이란, '해가 지고, 해가 뜨기까지의 어두움을 밤이라 한다.'라고 설명하지만, 설명이지 밤 그것이 아니다. 밤을 설명한 이치에 지나지 않는다.

서울에는 남대문이 있다는 것을 누구나 안다. 한번도 서울에 와 본 일이 없는 사람이라도 서울에 남대문이 있는 사실은 알고 있다. 그러나 책에서 배우고 남에게 이야기만으로 들은 남대문은, 실지의 '그 남대문'이 아니다.

어른들은 무엇이나 아는 체한다. 그것이 탈이다.

실지의 그것과 아는 것과는 다르다. 지구 위에 미국이라는 나라가 있다는 것은 누구나 안다. 그러나 미국에 가서 우리 눈으로 미국을 보지 않으면, 어떻게 미국이라는 '그 나라'를 알겠는가?

머리로 아는 것과 눈으로 보는 것이 다르기 때문이

다. 눈으로 보는 것은 눈을 통해서, 우리가 무엇을 느끼는 느낌이 있고, 느낌을 통해서 무엇을 생각하는 생각이 있는 것이다. 어른들이 아는 체하고, 혹은 여러분이 무엇을 아는 체하는 것은 머리로 아는, 실지의 그것이 아닌 것들이다.

이렇게 아는 것은 여러분이 보고 느끼고 겪고 생각한 것과는 다른 지식이다. 그것은 참되고 씩씩하고, 우리의 느낌과 생각이 펄펄 살아 있는 것이 아니다.

그러므로 어린 여러분은, 어리기 때문에 어린 여러분의 느낌과 생각을 간직하고 있다. 그것이 어린 마음이다. 그 어린 마음이 시에 나타나면 나타낼수록 귀한 글이 되고 시가 된다.

어린이 여러분은
어리기 때문에
어린이 마음을
가졌다.
그것이 귀하다.
아는 체하는 어른의 마음을 흉내 내지 말자.

바람 불면 빨래가 춤을 춘다.

어머니 흰 치마가 춤을 춘다.

앞에서 내 치마도 춘다.

빨랫줄에 매달려 무서운가 봐.

「빨래」 김정숙

　부산 거제초등학교 4학년 김정숙 양이 지은 작품이
다. "빨랫줄에 빨래가 매달려 무섭게 여기는 것"은
어린 여러분만의 생각이고 느낌이다. 어른들은 빨랫
줄에 빨래가 널렸군 하고, 그 사실만 알 뿐이다. 다
만, 김 양의 「빨래」라는 작품은 한 가지 흠이 있다.
무서움을 타는 빨래가 어떻게 '춤을 출까' 이상하다.
이것은 여러분이 '바람에 퍼덕이는 것'을 '춤을 춘
다'고 표현하는 버릇을 가졌기 때문이다. 그런 버릇
은 시를 쓰려면 떨쳐 버려야 한다.

　동시는 참된 자기의 느낌을 나타내는 것이기 때문
에 '말'도 자기의 느낌을 느낌으로 나타내는 말이라
야 한다. 그 당장에 그 느낌을 꼭 그대로 나타내는
말—

　그것이 시에 쓰이는 '말'이라는 것이다. 이것은 뒤
에 다시 자세히 설명하리라.

2. 꿈의 동산

―우리 사과나무에 왜 왔니?

쪼그맣고 보얀 아기새야.

찌찌 찌찌 찌찌찌

아기새 대답은 이것 뿐.

―예쁜 분홍빛 그 발로

왜 가지를 꼭 잡고 있니?

찌찌 찌찌 찌찌찌

아기새 대답은 이것 뿐.

―높은 가지로만 가려 가며 왜 앉니?

쪼그맣고 보얀 아기새야.

찌찌 찌찌 찌찌찌

아기새 대답은 이것 뿐.

―동무도 없니. 얘길 좀 하래두.

쪼그맣고 보얀 아기새야.

찌찌 찌찌 찌찌찌

아기새 대답은 이것 뿐.

—네 동무 발도 분홍빛이니?

그리고 너처럼 보얗니?

찌찌 찌찌 찌찌찌

아기새 대답은 겨우 이것 뿐.

—동무들을 데리고 우리 사과나무에

언제 또 올 테냐, 아기야?

찌찌 찌찌 찌찌찌

 아기새 대답은 겨우 이것 뿐.

「조그맣고 보얀 아기새」 아리스 카아리

—우리 사과나무에 왜 왔니?

새를 보고 물어 보았다. 그러나 새는 말을 모르기
때문에 찌찌찌 울 수밖에. 여러분은 이 노래에서 무
엇을 느꼈느냐?

—참 다정한 어린 아기.

—가지 끝에 앉은 새를 보고 말을 묻는 아기, 그 아

기의 귀여운 마음.

　—대답을 못해 안타까워하는 새.

　어느 것이라도 좋다. 새에게 다정한 마음을 느끼고, 대답을 못해 안타까워 새를 바라볼 수 있는 것—그것이 어린 마음이오, 그 마음이 귀하다.

　이 동시 중에서 아기가 묻는 말만 추려 보라.

　① 우리 사과나무에 왜 왔니?

　② 예쁜 분홍빛 그 발로 왜 가지를 꼭 잡고 있니?

　③ 높은 가지로만 가려 가며 왜 앉니?

　④ 너는 동무도 없니?

　⑤ 네 동무 발도 분홍빛이니?

　⑥ 우리 사과나무에 언제 또 올 테냐?

　이 여섯 가지 물음에 여러분이 '온몸이 보얀 잿빛이고 머리가 동그란 쪼그맣고 예쁜 아기새' 라면 어떻게 대답하겠나?

　생각해 보니, 마음속에 대답이 떠오르지?

　① 심심해서 놀러 왔을지도 모른다.

　사과나무 주인 아기가 보고 싶어 왔는지 모른다.

분홍빛 예쁜 발을 자랑하러 왔을지 모른다.

　② 가지가 높아 겁이 나서 그런지 모른다.

왜, 분홍빛 내 발이 탐나니? 하고 새가 되물을지 모른다.

마음속에 친구를 오마조마 기다리는, 새들의 표정인지 모른다.

③ 높은 가지를 가려 가며 앉을수록 더 먼 세계가 보이기 때문이다.

들 밖으로 지나가는 구름을 구경하려고 그런지 모른다.

그것이 새들이 아름다운 나라를 꿈꾸는 생활의 버릇일까?

엄마가 높은 가지로만 가려가며 앉으라고 일러 주셨기 때문인지 모른다.

(마치 여러분이 학교 갈 때마다 어머니가 왼편으로 조심해서 다녀라 타일러 주시듯)

④ 그래, 아가. 너하고 놀자. 하고 새가 대답할지 모른다.

동무는 많지만 자기하고 놀 동무는 없을지 모른다.

엄마새한테 꾸중을 듣고, 쫓겨나온 것일까?

⑤ 아무래도 너는 내 분홍빛 발이 탐이 나나 보다.

아기새가 핀잔을 줄지 모른다.

물론이지 하고, 아기새의 대답은 간단할지 모른다.

멀고 먼 나라, 강물에 발을 씻어 분홍빛이 됐다.

너도 갈 테냐?

하고 대답할지 모른다.

⑥ 안녕, 또 올게.

아기새의 대답일지 모른다.

다음에 올 때, 분홍빛 발을 한 내 친구를 많이 데리고 오마, 하고 아기새가 약속할지 모른다.

어쩌면 아기가 묻는 말에 대답은 않고,

─굿바이. 이것은 영어야.

그럼 잘 있어.

하고 날아가 버릴지 모른다.

아기 새가 찌찌 우는 그 대답은 지금 내가 생각한 것과는 엉뚱하게 다른 것인지 혹시 모른다.

이렇게 여러분이 '보얗고 쪼그만 아기새'라도 된 듯이 그 대답을 생각하는 동안,

여러분은 자기가 아기새 같은 느낌이 들지.

그래서 찌찌 하고 울고 싶지.

새들의 느낌이 여러분 마음속에 스며 오지. 혹은

아기새의 대답 속에 여러분들의 생활을 찾아내는 때도 있지.

그것이 여러분의 어린 마음[童心]을 가진 탓이며, 아기새 대답을 생각하는 동안에 자기 자신의 생활은 살아나게 되는 것이 '동시의 가장 아름다운 구실' 이다.

새앙쥐 새앙쥐
왜, 안 자고 나왔나.
화롯불에 묻은 밤
줄까 하고 나왔지.

새앙쥐 새앙쥐
왜, 저렇게 뿌연가.
밤 한톨이 탁 튀어
재를 흠박 뒤썼지.

새앙쥐 새앙쥐
어따 머리 감았나
부엌으로 들어가
뜨물에다 감았지

새앙쥐 새앙쥐

밤새도록 뭘 했나

자는 아기 얼굴로

살살 기어 다녔지.

새앙쥐 새앙쥐

왜 또 벌써 나왔나

세수 하나 안 하나

구경하러 나왔지.

「새앙쥐」 윤석중

　이 노래에서는 생쥐가 버젓이 대답을 한다. 그러나
그것은 생쥐가 대답하는 말이 아니다. 자기가 묻고
자기가 생쥐인 양 대답하는 말이다. 그러므로 생쥐
가 곧 자기다. 여러분의 어린 마음이 여러분으로 하
여금 생쥐로 만든 것이다. 저고리 소매를 귀 위로 치
켜올리면 토끼가 될 수 있는 여러분이 아니냐.
　그래서 깡충깡충 뛰어다니면 토끼가 되어 버리는
그 어린 마음, 그것은 여러분만이 간직한 세계이다.

3. 놀며 생각하라

나막신을 아니?

나무로 깎은 굽 높은 나막신.

아버지가 너만 할 때

신고 다녔지.

신고 뭘 했느냐고,

하긴 뭘 해 신고 놀았지.

뭘 하고 놀았느냐고

돈치기, 구슬치기, 팽이치기,

땅빼앗기, 연날리기, 술래잡기,

줄당기기, 뜀뛰기, 개구리잡기

너희들과 다름없다고.

물론이지, 언제나 하느님은

구석마다 놀이터와 놀음을

마련해 주셨지.

너희들도—.

물론이지.

어린이날은 언제나 잔칫날.

나막신을 신고 어떻게 놀았느냐고.

뭘, 어떻게 놀아.

놀 때는 벗어놓고 맨발로 놀았지.

「나막신」 박목월

돈치기, 구슬치기, 팽이치기, 술래잡기, 까막잡기, 연날리기.…… 모두 재미나고 잊혀지지 않는 놀음 놀이 들이다.

—친구와 손을 맞잡고 놀 때의 그 즐거움, 그때의 외치던 여러분의 목소리, 동무들의 시늉.

—짚둥우리 뒤에 숨어서도 술래한테 잡힐까 마음 이 오마조마하던 그 안타까움. 나타나는 술래의 그 얼굴.

—까맣게 떠 올라가는 솔개연, 까불대는 가오리연,

구멍연, 장수연, 돌돌 실이 풀려가는 자새. 돌아가는 자새의 떨리는, 손바닥에 남은 느낌.

　혹은,

　　삐익, 빵

　　덜컥덜푹, 덜컥덜푹, 덜컥덜푹.

　　새끼차가 골목 안을 갑니다.

　　새끼차는 엄마 마중 가는 차,

　　젖 먹고 싶은 사람 모두 타지요.

　　새끼차는 아빠 마중 가는 차,

　　장난감 얻고픈 사람 모두 타지요.

　　삐익, 빵.

　　덜컥덜푹, 덜컥덜푹, 덜컥덜푹.

　　새끼차가 골목 안을 갑니다.

「새끼차」 박노춘

　올망졸망 동무들이 열을 지어, 나들이 가신 엄마를 마중가는 새끼차. 그때의 저녁 놀. 다 좋은 동시가 될 수 있는 것이다. 여러분은 꽃이나 구름이나 바람을 노래하는 것만이 시가 되는 줄 생각한다. 그릇된 생각이다. 참된 시는 우리들의 생활속에 간직되어 있다. 그것을 캐내는 일이 얼마나 놀라운 것인가.

「새끼차」를 읽고 어떤 느낌이 나는가?

—새끼차 놀이는 즐거웠다.

—새끼차 놀이를 하던 동무들이 그립다. 그 동무들의 얼굴 하나 하나. 목소리 하나 하나가 귀에 들리는 듯하다.

—골목 모퉁이를 돌아오시는 어머니를 맞이하던 기쁨.

—그때 웃던 어머니의 미소.

—그때 골목을 비쳐주던 햇빛, 여러 가지 일이 머리에 떠오를 것이다. 이런 여러 가지 일이 생각남으로써, '새끼차 놀이'가 더 잊혀질 수 없는, 더 뜻 깊은 놀음 놀이 같은 느낌이 들리라.

그렇다. 우리가 생활을 노래하는 것은 그것을 노래함으로 생활이 내게 더 뜻 깊은 것을 깨우쳐 주기 때문이다.

달 달 달 달

어머니가 돌리시는 미싱소리 들으며

저는 먼저 잡니다.

책 덮어 놓고

　"어머니 어서 주무셔요, 네?"

자다가 깨어보면 달달달 그 소리

어머니는 혼자서 밤이 깊도록

잠 안 자고 삯바느질 하고 계셔요.

돌리시던 미싱을 멈추고

　"왜, 잠 깼니? 어서 자거라."

어머니가 덮어주는 이불 속에서

고마우신 그 말씀 생각을 하며

잠들면 꿈 속에도 들려옵니다.

　"왜, 잠 깼니? 어서 자거라. 어서 자거라."

「밤중에」 이원수

이 시를 조용히 읽어보라.

아무리 살림이 어려워도, 그것만으로 우리가 불행
하지 않다는 것을 짐작하리라. 참으로 불행한 것은
살림이 어렵기 때문이 아니다. 사랑이 우리의 가슴
에 말라버린 일이다.

책 덮어 놓고
"어머니 어서 주무셔요, 네?"

하고, 삯바느질 하는 어머니께 말하는 아들의 정
성. '주무셔요, 네?' 라는 말에 '네?' 에 스며 있는 아
들의 다정하고 따뜻한 마음을 생각해 보라. 눈물겹
도록 아름답다.

또,

왜 잠깼니? 어서 자거라.

어머니가 원하시는 이 말씀 속에 깃든 자애로운 어
머니의 애정. 이래서, 어머니가 밤을 새워가며 삯바
느질을 해서 겨우 살아가는 이 가난한 가정 안에 잔

잔하게 흐르는 이 사랑이야말로, 세상에 아무리 중한 보물과도 바꿀 수 없는 귀하고 아름다운 것이며, 그것이 사람에게 행복을 베풀어준다.

우리가 생활을 시로 옮겨 놓은 것은, 즐거웠던 일이기 때문에, 슬펐던 일이기 때문에, 혹은 잊혀지지 않는 일이기 때문에 종이에 적어 놓는 것이 아니다.

즐겁고 혹은 슬프고, 잊혀지지 않는 우리 생활의 그 밑바닥에 흐르는 이 아름답고 뜻 깊은 생각을 자아내고 드러내려고 시를 쓰는 것이다.

또, 「밤중에」라는 이 작품 속에서는 한마디도 어머니를 사랑합니다. 혹은, 우리 아기가 귀엽습니다. 라는 구절이 없다. 없으면서 아들이 어머니를 사랑하고, 어머니가 아들을 귀엽게 여기는 마음이 다 드러나 있다.

이것이 시의 오묘한 점이다.

어머니는 참 곱습니다.

밤잠을 주무시지도 않고 삯바느질을 해서, 나를 귀엽게 길러 주십니다.

라고 표현한다면, 그것은 '어머니를 고맙게 여기는 뜻'을 설명했을 뿐, '생활, 그것'이 두드러지게 나타나지 않았을 것이다. 생활을 노래하자는 것은 '생활, 그것'을 느낀 대로 나타내자는 것이다.

「새끼차」에서도

새끼차 놀이는 참 재미있어요.
동무들이 타고, 나들이 가신 어머니를 마중 가지요. 하면 설명이다.

삐익, 빵
덜컹덜푹, 덜컹덜푹, 덜컹덜푹.

하고, 노래했기 때문에 '새끼차 놀이'가 '그것'으로 나타나게 된다.

이 점을 깊이 생각해 보아야 한다.

내가 위에서 생활이라 했지만, 그것을 여러분은 동무를 사귀고, 놀음 놀이를 하는 것만이라고 생각했을지 모른다. 그러나 그것만이 생활이 아니다.

내 구두는

고지식하게 바른 자야.

나쁜 짓을 덮어 두려고는

생각지도 않거든.

심부름을

갈 때는 언제나

즐거운 노래를

함께 불러주지만

앞발을 곤두세워

살금살금

꿀단지가 얹힌

선반으로 갈 때면

내 구두는

찌익찍

큰소리를 내지.

내 마음의

양심(良心)의 소리를

구두는 내게

들려준다.

우리가 해야 할

착한 일만

구두소리는 일러준다.

그러니 나는

구두소리가 일러준 그대로

착한 일만

하지 않을 수

있어야지.

그러나 내가

구두에게 그것을

배우리라고는

아무도 아무도

모르고 있지

「내 구두」 엘리자베스 노벨

어머니 심부름을 갈 때, 구두가 함께 불러 주는 즐거운 노래라는 것이 무엇일까? 다름아니지. 꿀단지의 꿀을 훔치러 갈 때, 찌익찍 나는 바로 그 구두 소리다. 이 같은 구두 소리를, 내가 착한 일을 할 때는 노랫소리로 들리지만, 나쁜 짓을 할 때는 '양심의 소

리'로 들리는 것은, 모두 자기 탓이다. 그러나 그것
을 구두에게 배운다고 느낀 것이 이 시의 재미나고
아름다운 대목이다.

　이와 같이 여러분이 자기 생활을 반성(反省)해서
뉘우치는 일도 역시 생활을 노래한 시다.

　　내가 크며는

　　나는 병정이 되리라.

　　철모에 총칼을 메고

　　그야말로 용감하게 적과 싸워

　　적을 무찌르고 말테야

　　그렇지 않으면

　　선장이 되리라.

　　나는 즐거운 영국(英國)의 선장.

　　망원경을 손에 들고

　　멀고 먼 나라를 두루 돌아다니는,

　　어쩌면 물을 뿌리며 달리는

　　살수전차를 운전해도 좋지.

아니, 기관차라도 괜찮아.

자동차나 비행기로

경쟁을 하는 것도 재미날거야.

어른들이 할 수 있는

훌륭한 일들이

너무나 많아,

한 가지만 골라 잡기는 참 어렵군.

"천천히 생각하라."고

어머님도 말씀하셨어.

「내가 크며는」 아레미 챠프링

　여러분이 크며는……

　이것은 여러분에게 너무나 엄청난 꿈일 것이다. 병
정이나 선장이나 운전수가 되는 것만이 아닐 테지.

　─뚝딱뚝딱 호미나 낫이나 괭이를 만들어 내는 대
장장이.

　─흙으로 빚어서 항아리를 만드는 옹기장이.

　─하늘을 나는 제트기의 비행사.

　─무엇이나 척척 다 아는 박사.

—머나먼 나라의 시장을 두루 돌아다니며, 모피(毛皮)를 사고 파는 뜨내기 장사꾼.

—아기자기한 농짝과 책상과 집을 처억척 지어내는 목수.

—아아 그리고 우리 선생님 같은 선생님.

—기차가 닿을 적마다 금테 모자를 쓰고, 푸른 깃대로 신호를 보내는 역장.

—시를 쓰는 시인.

—그림을 그리는 음악가.

정말로 할일이 너무나 많지.

이런 여러분의 꿈꾸는 앞날은 소원이 가득한 여러분의 생활이다. 그 소원들을 노래하라. 시로 써 보라. 얼마나 여러분의 생활이 풍성하고, 아름답고 꿈이 만발한 세계일까?

Ⅳ. 세상에서 가장 귀한 보배

1. 세상에서 가장 귀한 보배

─세상에서 가장 귀한 보배가 무엇일까?

─돈.

─돈이 귀하지만, 쓰면 없어지지. 아무리 써도 써도 줄지 않는 보배야.

─그럼, 물.

─물론 물도 귀하기야 하지. 써도 써도 하늘에서 쏟아지고, 땅에서 솟아나서 목마른 자의 목을 축여주고, 몸 안에 들어가서 피가 되니, 곧 우리들의 생

명이 되는 물이지.

그러나 물처럼 무겁지 않다.

—그럼 뭘까? 옳지, 공기?

—공기도 중하지. 공기는 우리가 쓰는 것이냐? 하느님께서 베풀어 주신 것이지.

—그럼, 뭘까?

—돈보다 귀하고 물처럼 우리가 노상 쓰는 것이나, 무게가 없는 것. 그리고 써도 써도 줄지 않는 보배 그것이 뭘까?

그야 바로 우리가 쓰는 말[言語]이다.

—말이 아무리 보배지만, 물처럼 맑은 소리가 날까?

—말이 소리가 나느냐고, 어림없는 소리를 다 하는구나. 말이 곧 소리가 아니냐.

—그럼 글자는 소리가 없게.

—글자도 소리가 있지. 아무리 우리가 소리를 내지 않고, 눈으로만 읽더라도, 마음속에서 소리를 읽게 되잖아.

냇물은 좔좔

멧 새는 배쫑배쫑 배배쫑

제비는 비비배배
빗소리는 우두둑
빗방울은 똑똑

이것은 자연의 소리를 그대로 옮아온 것이지.
뿐이랴.

달아달아 밝은 달아
이태백이 노던 달아……

이것은 소리에서 뽑아낸 가락.

나리나리 개나리
입에 따다 물고요
병아리 떼 종종종
봄나들이 갑니다.

「개나리」 윤석중

"나리나리 개나리" 같은 것은 노래하듯 춤추듯 한
것이고, "병아리 떼 종종종"은, 종종종대는 병아리의

바삐 걷는 걸음걸이같이 느껴지지.

　―그렇다면 말은 '걷기'도 하는 것일까?

　―물론이지. 말은 살아서 움직이는 거야.

　아까, '종종종'은 병아리의 몸짓 아니냐. 그것 뿐
이게. 우리들의 숨을 크게 쉬는 것과 가만히 쉬는 것
도 다 나타나지.

　아,

　하늘 위에 높이 뜬 구름,

　구름의 아름다움.

　읽어보라. 아, 하늘의 높이 뜬 구름……

　얼마나 우리의 숨결이 툭 터지듯 하나.

　나는 바람이 좋았다.

　가만가만히 잎새를 흔들며

　조용히 스쳐가는

　그

　바람.

마치 귓가에 속삭이듯 하지. 우리의 가만히 내쉬는 숨결이 깃든 '말' 이지.

—그래, 그렇다면 산골을 울리며 높게 맑게 흐르는 개울 물소리 같은 것도 간직하고 있을까?

—있고 말고. 다음 시를 읽어보라.

샘물이 혼자서
춤 추며 간다.
산골짜기 돌 틈으로

샘물이 혼자서
웃으며 간다.
험한 산길 꽃 사이로

하늘은 맑은데
즐거운 그 소리
산과 들에 울리운다.

「샘물이 혼자서」 주요한

이 시를 조용하게 소리를 내어 읽어 보라.

샘물이/혼자서//춤/추며/간다.//산골짜기/돌/틈으로……

라고 읽어지지. 이것을 박자로 바꿔 보자.

하나 둘 셋 하나 둘 셋

하나 · 하나 둘 · 하나 둘

하나 둘 셋 넷 · 하나 · 하나 둘 셋……

이것을 급히 흐르는 물소리의 박자와 겨누어 보면 얼마나 같다는 것을 알게 된다. 또, 샘물의 '샘'은 새 자에 미음(ㅁ) 받침이고, '물'은 무자에 리을(ㄹ) 받침이지. '혼자서'의 '혼'은 호자에 니은(ㄴ) 받침이다. 이 시에는 'ㅁ' 'ㄹ' 'ㄴ' 세 가지 받침이 거의 전부가 아니냐.

그 미음(ㅁ)을 어떤 소리에 붙여, 기역(ㄱ)과 비교해 보라.

가령 '가'에 붙여 보자.

감 · 감 · 감 · 감 · 감

각 · 각 · 각 · 각 · 각

어느 것이 더 시원하고, 어느 것이 답답하지.

—그야, 각 · 각 · 각이 더 답답해. 각 · 각 · 각 소리를 계속해 내니 가슴이 막힐 것 같애.

─옳지. 그럼, '가' 자에 'ㄹ'를 붙여 소리를 내봐라.

갈 · 갈 · 갈 · 갈 · 갈

어때?

─아주 시원해. 시원하게 우는 새 소리 같애.

─그럼, 니은(ㄴ)을 붙여 봐라.

간 · 간 · 간 · 간 · 간

─소리가 간드러지게 울리는 것 같애.

─그래. 그렇다면, 「샘물이 혼자서」라는 시는 산골로 흘러내리는 개울 물의 간드러지는 박자에다가, 기역과는 다르게 시원하고 맑고, 가슴이 툭 트인 듯한 'ㅁ' 'ㄹ' 'ㄴ'의 받침을 붙인 소리를 주어서 맑은 개울 물 소리는 그대로 우리들에게 전해주는 사실을 알겠지.

마지막으로 "산골짜기 돌 틈으로……"하고 왜, 끝을 꼭 맺지 않고 '으로……' 하고 방향을 가리키는 말로서 중간을 끊어 두었을까?

─참, 이상해. 웬일일까?

─그야, 뻔하지. 물이 끝없이 흘러내리니, 끝을 맺을 수가 있어야지.

─이제, 말이 소리와 가락과 숨결을 가지고 살아 있음을 알겠지.

그것뿐인가. 살아 있기 때문에 느낌을 가졌다.

「샘물이 혼자서」라는 시가 왜 그처럼 빠른 가락과 맑은 소리로 울리는 줄 아니. 지은이의 기분이 그 글에 옮아가서, 그 시에 맑고, 가볍고, 유쾌한 기분이 깃든 것이야. 만일 기분이 우울하고 답답했다면 기역(ㄱ) 같은 받침이 많이 들었을 걸.

─아아 그래, 말이 과연 귀한 보배군. 그렇다면 말에는 햇빛처럼 '빛'을 가질까?

혹은 '빛깔'도?

─말이 살았는데, '빛'이나 '빛깔'이 없을라고.

예를 들까?

'환하게 웃는 얼굴.' 하는 표현에는 빛이 깃들어 있다. '환한 것'이 곧 빛이 아니냐? 혹은,

푸른 바다 위로 떠가는 흰 돛.

푸른 빛과 흰 빛이 시원하게 느껴지지 않느냐?

─환하게 웃는다는 것은 비유지, 말이 환하냐? '푸

른 바다' 하지만, '푸른'은 바다를 꾸미는 말이지 뭘 그래.

—그렇다면, 우리가 우울할 때 노래를 부르고 나면 기분이 환해질 때가 있지?

—있어.

—기분이 환해진다고 하는 '환한 것'은 뭐냐?

그 노래를 이룬 말들 속에 빛이 있다는 사실이지.

또 '푸른 바다'라고 말할 때, '푸른'은 '바다'를 '꾸미는 말'이라고 왜 생각하니. 푸른 물결이 넘실대는 바다라고 생각하지 않고? 이것이 중요한 일이야. 시에서는 '푸른 바다'라는 말이 곧 '푸른 물결이 넘실대는 바다' 그것이라야 한다. 설명이 아니기 때문에.

2. 참된 느낌과 말

재깔되며 따박따박 걸어오다가
앙감질로 깡충깡충 뛰어오다가

깔깔대며 배틀배틀 쓰러집니다.

뭉게뭉게 하얀 구름 쳐다보다가
꼬불꼬불 개미거둥 구경하다가
아롱아롱 호랑나비 쫓아갑니다.

「아가의 오는 길」 피천득

　학교가 파한 후에 귀여운 꼬마들이 떼를 지어, 지껄이며 깡충깡충 뛰며, 배틀배틀 쓰러지며 오는 모양이 눈앞에 선하게 보이는 것 같다. 뿐만 아니라, 골목길로 돌아오는 꼬마들 한사람 한사람의 하는 짓[動作]이 우리가 직접 바라보는 것처럼 똑똑하게 보이는 것 같다. 사진보다도 더 똑똑하게 보인다.
　웬일일까?
　말을 잘 골라 썼기 때문이다.
　'재깔대며' 라는 것은 작은 목소리로, 명랑하게 떠드는 것을 나타내는 말이다. 그냥 깔깔댄다는 뜻만이 아니고, 지껄이며 깔깔댄다는 뜻이다. 그것도 혼자 지껄이며 깔깔거리는 것이 아니고, 여러 사람이 지껄이며 깔깔대는 것이다. 그래서 이 한마디로써

'꼬마들 한떼'가 몰려가는 것을 나타냈다.

만일 '재깔대며'라는 말 대신에 웃으며 떠들며 지껄이며 걸어오다가'라고 고쳐보라. 얼마나 싱거우냐.

싱거울 뿐만 아니고, '웃으며 떠들며 지껄이며' 걸어오는 사람이 꼬마들이라는 것도 '재깔대며'라는 말에는 나타나 있는 것이다. 어른이 웃고 떠들고 지껄이는 것을 '재깔댄다'라고 말하지 않는다. 어른은 목소리가 크기 때문에 '지껄댄다'라고 해야 할는지……

또, 꼬마들이 귀엽다는 느낌까지 깃들어 있다. 참새 같은 새들이 지저귈 때, '조잘거린다'라고 한다. 머리가 동그란 작은 참새의 지저귐이 귀엽기 때문이다. 그와 마찬가지로, 꼬마들의 '웃고 떠들며 지껄이는 것'을 '재깔댄다'라고, 표현(나타내는 것)한 것은 작은 참새처럼 떠드는 꼬마 아기들이 귀엽기 때문이다.

'따박따박'은 '또박또박'과도 다르다. '또박또박'은 한 자국도 어김없이 꼬박꼬박 걷는다는 뜻이다. '타박타박'과도 다르다. '타박거리다'는 힘없이 천천히 걷는다는 뜻이다.

'따박따박'은, '또박또박'과 '타박타박'의 두 가지 뜻을 합친 것에 작은 다리가 걷는 모습까지 나타내는 말이다.

그래서 다리가 작은 꼬마들이 천천히 꼬박꼬박 걸어오는 모양이 '따박따박'이다.

'앙감질'은 발 하나는 그대로 두고, 한 발로만 뛰는 것.—여러분도 한 발을 들고 뛰지? 그것이 '앙감질'이지. '깔깔대며'는 큰소리로 자지러지게 웃는 것.

'배틀배틀'은, '비틀비틀'보다는 더 작은 것이 쓰러질 듯 걷는 모습.

그래서,

　　재깔되며 따박따박 걸어오다가

　　앙감질로 깡충깡충 뛰어오다가

　　깔깔대며 배틀배틀 쓰러집니다.

이 몇 자 되지 않는 노래 한 절 속에

—재깔댄다.

—따박따박 걷는다.

—앙감질로 깡충깡충 뛴다.

—깔깔댄다.

—배틀거린다.

—쓰러진다.

등, 얼마나 꼬마들의 움직임[動作]이 여러 가지로 나타나 있는가. 골목길로 돌아오는 아기들 한사람 한 사람의 움직임이 눈에 보이는 듯한 것은, 꼬마들의 움직임을 이처럼 여러 가지로 나타냈기 때문이다.

또, 그 움직임 하나하나를 얼마나 꼭 맞는 말로 그것을 표현한 것인가.

여러분은 으레이

종은 땡땡 울리고,

나비는 훨훨 날고,

봄바람은 솔솔 불고,

냇물은 졸졸 흐르는 것이라고 여기고 만다. 그것이 탈이다. 시는 참된 자기의 생각이나 느낌을 말로서 나타내는 것인 만큼, 그 생각이나 느낌—혹은 움직임은 그 움직임에 맞는 말로 표현해야 한다.

자기 느낌이나 생각에 맞는 말을 바르게 나타내려면 어떻게 해야 할까?

첫째, 느낌에서 떠오르는 말을 소중하게 여기자.

여러분은 말을 호주머니에 넣고 다니는 딱지처럼 생각한다. 동무와 만나면 호주머니에 손을 쓰윽 넣어서 딱지를 꺼내, 동무와 놀 수 있듯이, 말도 머리 속에 감추어 두었다가 그때 그때 마음대로 쓸 수 있는 것이라 생각한다.

그래서 봄바람 하면 솔솔 불고, 꽃하면 아름다운 것이고, 시냇물 하면 졸졸 흐르고, 종하면 땡땡 운다고 표현한다. 그러기에 그런 말은 참된 자기 느낌에서 우러난 말이 아니다.

냉냉냉 냉냉냉
전차가 갑니다.

세종로 거리에는
플라타나스

파란 손을 펴고서
손짓을 하는데,

금붕어 장수처럼

종을 울리며

냉냉냉 냉냉냉

전차가 갑니다.

「냉냉 전차」 윤석중

전차의 댕댕거리는 종소리가 어떻게 '냉냉냉'이
될 수 있을까? 사실 전차의 댕댕거리는 종소리는 종
소리 중에서도 그 중 탁하게 울리는 것이다. 그 탁한
소리를 '냉냉냉' 울리는 것처럼 맑게 들리는 것은 내
마음이 즐겁기 때문이다.

소리라는 것은 내 마음에따라 다르게 들린다.

여러분의 마음이 즐거운 날은 새들의 지저귀는 소
리가 즐거운 노래처럼 들릴 것이다. 그러나 마음이
슬픈 날은 지저귀는 새 소리가 슬픈 노래로 들리게
된다.

그러므로 여러분은 느낌에서 우러나는 말을 소중
히 해야 한다.

둘째는 익숙한 말을 쓰자.

교과서에서 배운 것은 우리에게 지식을 넣어 주려는 말들이다. 그런 말에는 느낌이 깃들어 있지 않는 것이다.

　그러나 우리가 노상 쓰는 '생활어'는 우리들의 산 생각과 생생한 느낌을 담고 있는 것이다.

　시는 느낌을 느낌으로 표현하려는 것이기 때문에, 이 생생한 느낌이 담겨 있는 말을 써야 한다.

　그러므로 우리가 참된 자기의 느낌을 표현하는 말은,

　—교과서에서 배운 말.

　—점잖게 일부러 꾸민 말

　들이 아니다. 여러분의 생활 속에서 익숙해진 말이라야 한다.

　'어머니'를 부를 때,

　—엄마.

　—마마.

　—오매.

　—오마니.

　—어무님

　중에서 어느 것이 가장 '어머니를 느끼는 말'이냐?

사람마다 다를 것이다. '어무님'이나, '오매'는 사투
리이기 때문에 '어머니'라고 불러야 한다고 생각할
까닭이 없다.

나는요,
우리 할무니가 젤 좋아요.
"길아.
얼픈 와 밥 묵으라."
하시는 할무니의 목소리.

허리는 꼬부랑하시지만
얼굴은 주름살투성이지만
주름살을 펴시고
웃으시는 할머니.
"할매요, 내 얼른커서
돈 많이 벌어, 할매 대접 잘 해드릴께요."

경상도 산골에서 자라나는 사람에게는, '할매' '할
무니'라 불러야 정이 통한다. 그것은 '할머니'가 아
니다. 또 할머니가 '얼픈 와 밥 묵으라' 하시는 사투

리투성이의 목소리라야 비로소 할머니의 구수한 사랑이 느껴진다. 그것을 '얼른 와서 밥 먹어라' 하면, 할머니의 목소리가 아니다.

할머니를 '할매'라 부르는데 정이 통하고, '먹어라'를 '묵으라'라고 말하는 데 할머니의 목소리가 울려온다.

여러분은 자칫하면 교과서의 배운 대중말만이 중한 것처럼 생각하게 된다. 그러나 여러분의 생활 속에서 온갖 느낌이 스며져 있지 않는 대중말은 여러분의 '참된 느낌'이 스며 있는 말이 아니다.

우리가 시에 쓰는 말은, 우리가 자라나는 동안에 온갖 추억과 느낌이 간직된 말이다. 그것은 대중말이 아니다. 사투리다. 사투리는 여러분에게 다정하고 정다운 여러분의 말이다.

셋째, 말투에 주의하자.

와, 나는 엄마를 못 따라나섰던가?

와, 나는 엄마 치마자락을 꼭 붙잡지 못했을까?

엄마는 와 나를 안 데리고 가셨을까?

내도 따라갔다면,

엄마가 사과를 파시는 장판에서,

큰소리로

사과 사세요, 사과.

하고, 내가 팔아드렸을 걸.

오늘은 공일 아닌가.

집을 보라지만,

공공이하고 무슨 재미로

하로 종일 보내지?

오늘은 공일 아닌가

　어머니가 사과를 팔러 장에 가실 때, 못 따라가고,
혼자서 집을 보는 어린이.
　―왜, 나는 어머니를 못 따라갔을까?
　하고, 뉘우치는 안타까운 마음. 그것이

와, 나는……

와, 나는……

엄마는 와……

　하고, '왜' 라는 말이 자꾸 거듭되는 그 말투에 뚜

렷하게 느껴진다.

　아아 보고 싶은,

　우리 고모

　고모의 웃는 얼굴.

이라는 구절은

　아아 고모가

　보고 싶다.

　고모의 웃는 얼굴.

하고는 다른 것이다.

　어떻게 다를까? 첫째 것은, '보고 싶은 고모'이기 때문에 '보고 싶은 마음'이 앞서고, 뒤엣 것은 '고모가 보고 싶기' 때문에 '고모의 얼굴'이 앞서는 것이다.

　여러분이 참되게 자기의 느낌을 나타내려면, '느낌이 느껴지는 대로' 솟아나는, 그대로의 말과 말투를 써야 한다.

이렇게 여러분의 마음속에 '솟아나는 대로'의 말을 '그대로 쓰는 것' 이야말로 '참된 느낌'을 나타내는 데 그 중 소중한 일이다.

V. 한편의 동시를 읽으려면

1. 이런 것이 시가 된다.

하얀 눈 위를

사뿐사뿐 걸어간다.

검은 검은 발자국을

눈이 내려와 덮어준다.

「눈길」 윤석중

눈이 하얗게 덮여, 깨끗한 길.

학교로 가는 길에 혹은 어머니 심부름을 가는 길에

내가 걸어가게 되었다.

깨끗한 길에 남는, 나의 검은 검은 발자국—그냥 검은 발자국이 아니다. "검은 검은 발자국"이다. 보기 흉하다. 깨끗한 것을 마구 짓밟는 듯한 느낌이 들었다. 그러나 곧장 계속해서 내려오는 눈이 그 "검은 검은 발자국"을 덮어 주어서 여전히 깨끗한 길을 만들어 놓는다.

그러므로

가야 할 앞길도 깨끗하게 하얀 길이고, 걸어온 길도 뒤돌아보니, 깨끗하게 하얀 길이다. 마치 자기가 걸어오지 않은 것처럼.

그처럼 "검은 검은 발자국"을 하얗게 눈이 덮어 주는 이 길은—

—어쩌면 선녀들이 사는 나라로 가는 길일까?

—혹은, 얼룩 한점 없는 사랑의 나라로 트인 길일까?

—이렇게 발자국 한개 남기지 않고, 깨끗하고 하얀 길을 걸어가는 내가 곧 선녀일까?

이런 마음으로 '눈길'을 앞뒤로 보면 볼수록 더 신기하고, 더 아름답고, 더 깨끗하다.

또 "검은 검은 발자국"을 덮어 주며, 펑펑 내리는

눈이 생각할수록 고마웠다.

이 여러 가지 생각이,

─아, 눈길은 참 아름답다.

눈길은 참 신기하다.

라는 감동을 내게 자아내게 한다.

그런 마음으로 여러분이 산을, 나무를, 꽃을, 골목 길을, 하늘을, 교실을, 그리고 동무를, 놀음 놀이를 살펴볼 때, 그 모든 것이 여러분 눈에 새롭게 비칠 것이다.

그 새롭게 비치는 것을 노래하라. 그것이 시가 된다.

우리 집에도 달력.

이웃에도 달력.

학교에도 달력.

길가에도 달력.

정말 곳곳마다 달력.

「달력」 김용해

서울 효창초등학교 4학년생이 지은 노래이다. 이것 이 무슨 시가 될까 여러분이 의심스러운 생각이 들지 모른다.

그렇다면, 내가 설명하지.

달력을 한 장 그려보자.

	日	月	火	水	木	金	土
7 월	☆	☆	☆	☆	☆	1	2
	3	4	5	6	7	8	9
	10	11	12	13	14	15	16
	17	18	19	20	21	22	23
	24	25	26	27	28	29	30
	31	☆	☆	☆	☆	☆	☆

달력에는 그달의 날짜가 1 2 3 4…… 하고 적혔다.

그러나 그 숫자는 셈본 책에 쓰여진 숫자와는 다르다. 위에 그려 놓은 달력에서,

1이라는 글자는 숫자를 나타내는 것이 아니다. 그것은 '7월 1일'을 나타내는 것이다.

또 그것은 '금요일 날' 임을 나타내는 것이다.

여러분의 일기장을 뒤져 보라.

7월 1일. 금요일.

—날씨가 개었다.

—김 군과 방과 후에 한강으로 헤엄을 치러 갔다.

—헤엄을 처음 배웠다.

—김 군과 함께 한강 둑을 거닐었다.

—뭉게구름이 피어오르는 한강 둑을 김 군과 함께 거닐며, 우리는 커서 무엇이 될까 하고 이야기했다 라는 사실이 적혔다고 하자. 그렇다면 위에서 그려 놓은 달력 중에 1이라는 글자는 이 여러 가지 추억을 담뿍 안은, 그야말로 '이상한 꿈의 세계'를 나타내는 신비로운 무엇이 아니냐.

혹은 21이라는 숫자는,

—방학이 되는 날.

—방학이 되면 해수욕장에 가게 된다.

—방학이 되면 매미 잡이를 한다.

—방학이 되면 시골에 계시는 할머니께 언니와 함께 간다.

이런 모든 약속과 꿈과 소망으로 부푼, '이상한 무엇' 같다.

이렇게 숫자 하나하나마다 추억과 소망이 감추어진 달력. 그 달력은 얼마나 놀랍고 이상한 것이냐.

그 달력이 집집마다 걸렸다.

─우리 집 달력은 우리 집 온가족들의 각기 저마다의 꿈과 추억을 가뜩 담고 안방 벽에 걸렸고.

─이웃 이발소의 달력은 이발소 주인과 이발소 주인의 아들인 내 동무의 꿈을 가뜩 담고 이발소 벽에 걸렸고.

─학교에는 학교대로 온갖 즐거운 꿈과 행사(行事)와 하루마다 다섯 시간씩의 수업 시간과 선생님들의 추억을 가뜩 담은 달력이 교실마다 걸렸고.

─사과가게에는 사과가게 아저씨의 꿈을 담은 달력이 걸렸고.

─사무실에는 사무실 대로의 사무가 가뜩한 달력이 걸렸고.

그리고 그 달력마다 빨간 글자로 즐거운 공일을 표시한, 그 많은 달력이 가는 곳곳마다 걸려 있는 것이다.

이제 여러분도, 김용해 군이 왜 달력이라는 시를 썼는지 알겠지? 그리고 이 짧막한 시 속에,

—아아, 달력. 달력.

하고 김용해 군의 외치는 소리가 들리는 것 같으리라.

이 마음속으로 느껴서 부르짖는 소리가 곧 시를 짓는 마음이다.

다만 그것을 마음속에 부르짖는 '소리' 대로 나타내지 않고, 느껴서 부르짖는 마음으로 '새하얀 눈'을 '생각하고,' 달력을 '바라보고' 했을 뿐이다.

'느껴서 부르짖는 마음' 이라는 것이 어떤 것일까?

"엄마, 나비 봐!"

장다리 꽃 노오랗게 핀 들판으로 날아드는 한 마리의 나비를 보고도 어린이는 찬탄의 말을 던진다. 극히 짧은 이 한마디의 말은 짧은 대로 하나의 시다. 왜냐하면, 그는 벌써 자연을 올바르게 받아들이고 있기 때문이다. 시를 이미 체득한 커다란 감동을 갖고 있기 때문이다.

이것은 장만영(張萬榮) 선생의 말씀이다. 장다리꽃에 날아온 나비를 보고,

―아아, 저 나비 봐.

어린이가 부르짖는 그 마음에 시가 깃들어 있다는 것이다. "아아, 저 나비 봐." 라고 부르짖는 어린이의 마음이 '느껴서 부르짖는 마음' 이기 때문이다.

그러나 어린이가 나비를 보고,

―저 나비 봐.

소리를 내어 부르짖지 않고, '부르짖고 싶은 마음' 으로 나비의 거둥을 낱낱이 살필 수 있다.

「눈길」 같은 작품은, '느껴서 부르짖는 마음' 으로 "검고 검은 발자국을 덮어주는 눈길"을 살펴서 이루어진 것이다. 그러므로 「눈길」은 영화관에서 우리가 볼 수 있는 것처럼 '눈이 내리는 풍경' 을 글자를 통하여 바라볼 수 있게 된다.

이것이, '느껴서 부르짖는 마음' 으로 글자로서 그려놓은 그림 같은 시가 된다.

그러나,

아아
눈은 고마운
우리 할머니 같다.

검은 검은

발자국을

덮어준다.

우리의 허물을 가려주시는

그 할머니.

　이렇게 표현하면, '느껴서 부르짖는 마음'을 느낌

대로 읊은 것이다.

　이것이 옳은 시가 된다.

　—저 나비 봐.

　하고 부르짖는 소리를 소리로서 나타낸 것이다.

　그 대신.

목 마를 때.

샘물이 솟는다.

슬플 때

친구가 달래준다.

잃어버린 것을

어머니가 찾아주신다.

그리고

검은 검은 발자국을

눈이 내려와 덮어준다.

이렇게 쓰며는, '느껴서 부르짖고 싶은 마음' 으로 그 뜻을 한가락 한가락 생각해보는 시이다.

그러므로 우리가 '느껴서 부르짖고 싶은 마음' 으로,

① '그림을 그리듯 그려 보는 것.'

② '느껴서 부르짖고 싶은 마음' 을 그 느낌대로 읊어 보는 것.

③ '느껴서 부르짖고 싶은 마음을 가슴에 간직한 채 그 뜻을 생각해 보는 것 등으로 나눌 수 있다.

눈이 몹시 오는 밤이었습니다.

엄마 약을 사러 아이는 집을 나섰습니다.

먼데 장명등이 하나 켜져 있습니다.

아이는 그곳에까지 와서

손을 펼쳐 장명등 밑에 내어 들고

꼭 쥐고 온 돈을 고쳐 세어 보았습니다.

약을 사가지고 오던 아이는

또 장명등 밑에서 걸음을 멈추고

아무래도 잊어버리고 온 것이 있다고 생각했습니다.

"옳지, 몇 알씩 먹는다더라."

아이는 돌쳐 약국으로 갔습니다.

「장명등」 엄춘길

어릴 때의 추억이다. 눈이 펑펑 오는 밤에 약을 사러 심부름을 갔던 이야기다.

어린 내가 약을 살 돈을 손에 꼭 쥐고 가다가 불이 환하게 켜진 장명등 아래서 펴 보던 일. 또 약을 사서 돌아오는 길에 역시 장명등 아래서 멈칫 서서 무엇을 잊어버린 것만 같아, 고개를 갸웃이 하고 서 있었던 일.

─아 참, 몇 알씩 먹는다더라.

하고 약방으로 되 쫓겨갔던 일.

그것이 내게는 잊혀지지 않는다.

그 눈 오는 밤에 불을 환하게 켜고 서 있던 장명등이야말로, 가버린 어린 날을 밝혀주는 이상한 등불 같다.

─아득한 어린 날의 아슴아슴한 기억 속에 떠 있는

장명등.

　—그 누렇게 빛나는 수상한 불빛.

　—그 불빛 아래서 돈을 펴보는 자그마한 어린 나.

　—그날의 어린 내 모습.

　이 모든 것이 그립다. 그립다는 느낌이 내게 '부르짖고 싶은 마음'을 불러일으키게 한다.

　그러나,

　　아아 어린 날이 그립다.

　　하고, 외치지 않는다.

　　아이는 손을 펴보았습니다.

　하고, 마치 사진이나 그림을 바라보듯 그려 놓은 것이다. 그려 놓기 때문에 '나는 손을 펴보았습니다' 하지 않고, "아이는……"

　하고, 남의 이야기를 하듯, 눈으로 보는 것처럼 써놓은 것이다.

　그래서 이런 시를 읽으면 독자는 '눈 오는 밤에 심

부름 가는 아이'의 모습을 눈앞에 그려보고,

—아아 어린 날이 그립다.

외치게 된다. '어린 날이 그립다'는 말을 지은이가 외치지 않고 읽는 사람이 외치는 것, 이것이 '그림을 그리듯 쓴 시'가 지니는 오묘한 점이다.

그러나 읊은 시는 '어린 날이 그립다'는 말을 지은 이가 외치는 시다.

눈 오는 밤의

장명등……

눈발 속에 누렇게 부푼 그 불빛, 그 불빛이 그립다.

나는 약을 사러 가다가

장명등 아래서

손을 펴고,

쥐고 가던 돈을 들여다보았다.

하고 읊게 된다.

생각해 보는 시라 함은, 잊혀지지 않는 그 사실의 뜻을 생각해 본다는 것이다. 우리에게 잊혀지지 않는 사실은 생각하면 할수록 오묘한 뜻이 솟아나고,

그 뜻이 내게 '느낌으로 속삭이게' 된다.

눈 오는 밤에

약을 사러 달려가던 어린 날.

오마조마한 마음으로

줄달음질로 달려갔다.

어린 날은

어쩌면 두려움의 숲길일까?

장명등이 서 있었다.

장명등 아래서

손바닥을 펴보고 나는 한숨을 쉬었다.

눈 오는 날인데도

약을 살 은전은

땀이 함빡 젖은 채

손바닥에 남았다.

달콩거리며 달려가던 내 마음처럼.

돌아오는 길에도

나는 장명등 아래서

멈칫 서서

고개를 갸웃거렸다.

무엇을 잊은 것만 같아서

어린 날은

늘 무엇을 잊어먹고

눈만 똥그랗게 뜨고 지냈다.

—아아, 몇 알씩 약을 먹더라.

나는 약국으로 되쫓아갔다.

'느껴서 부르짖고 싶은 마음'으로 눈 오는 밤에 심부름 갔던, 어린 날의 잊혀지지 않는 일을 생각해 본 것이다.

—어린 날은 어쩌면 두려움의 숲길일까?

—늘 무엇을 잊어먹고 눈만 똥그랗게 뜨며 지냈다.

이런 구절은 '어린 날의 잊혀지지 않는 일'이 지니는 그 뜻이 속삭이는 말이다.

이렇게 시는

① 그림 그리는 마음으로

② 읊는 마음으로

③ 뜻을 생각하는 마음으로 쓰여진다.

그러나

① 그림 그리는 마음으로 쓰여진 시와

② 읊는 마음으로 쓰여진 시와

③ 뜻을 생각하는 마음으로 쓰여진 시가 따로따로 떨어져 있는 것만이 아니다.

여러분이 시를 쓰려면, 이 세 가지가 서로 어울려 한 작품을 빚게 되기도 하고, 혹은 그 한 가지만으로 작품을 빚을 수도 있는 것이다.

2. 이렇게 표현한다.

① 생각이 흐르는 대로

"호콩 일 전어치만 주세요."

그랬더니, 구멍가게 영감님,

유리구멍으로 내다보면서,

"오냐. 돈 거기 놓고, 한 무더기만 집어 가거라."

그래, 돈 거기 놓고,

한 무더기만 집어왔지요.

「구멍가게 영감님」 윤석중

양심(良心)이라는 말을 아느냐? 바른 마음이지. 바른 마음이 어떤 것이냐?

일 전어치이기 때문에 주인이 보나마나 '그래 돈 거기 놓고' 호콩을 '한 무더기만 집어 온' 일이지.

—구멍가게 영감님이 한눈을 파는 동안에 두 무더기쯤 집어 오기란 참 쉬운 노릇이었다.

—그러나 나는 그러지 않았다.

—구멍가게 영감님도 영감님이지. 일 전을 두고 두 무더기 집어 가면 어쩌려고, 나와 보지도 않을까?

—그러나 구멍가게 영감님은 나를 조금도 의심하지 않았다.

"오냐, 돈 거기 놓고, 한 무더기만 집어 가거라."

말씀하실 뿐.

이렇게 사람이 사람을 의심하는 일이 없는 세상을 생각해보라. 가게마다 주인이 지키지 않아도 물건값만 매겨 놓으면 사람마다 값을 척척 치르고 가져

가는 세상.

　혹은, 보는 사람이 없어도, 밝은 양심대로 행하는

세상.

　그 자랑스러움을,

　그 아름다움 꿈을,

　이 시는 담고 있다.

　하나만 더 예를 들자.

　엄마하고

　길을 가면

　나는

　키가 더 커진다.

　엄마하고

　애기하면

　나는

　말이 줄줄 나온다.

　그리고 엄마하고

　자면

나는 자면서도 엄마를 꿈에 보게 된다.

참말이야.
엄마는
내가
자면서도 빙그레 웃는다고
하셨어.

「엄마하고」 박목월

"엄마하고……" 라는 것은 여러분이 가장 든든한, 좋아하는, 사랑하는 말일 것이다.

"엄마하고……" 무엇이나 하면 안 될 것이 없을 듯한 그 든든한 느낌.

"엄마하고……" 길을 가면 어쩐지 내 키가 더 커지는 것 같은 느낌.

"엄마하고……" 얘기를 하면 저절로 말이 줄줄 나오는 것 같은 그 다정함.

"엄마하고……"

여러분도 시를 지어 보라.

어떻게 자기의 느낌이나 생각을 나타낼까? 아마 여러분이 가장 '어렵고도 마음이 키는 문제'일 것이다. 그러나 어떻게 표현할까?

하고, 여러분이 애를 쓰기 때문에 좋은 시를 못 쓰게 된다.

애를 쓰면 느낌이 죽어지고, 뜻만이 살아나기 때문이다.

시는 느낌을 느낌으로 나타내는 일이다.

「구멍가게 영감님」을 다시 읽어보라. 동무나 어머니에게 이야기하듯, 써 놓은 것이 아니냐.

"호콩 일 전어치만 주세요."

그랬더니 구멍가게 영감님,

유리구멍으로 내다보면서

"오냐. 돈 거기 놓고 한 무더기만 집어가거라."

그래, 돈 거기 놓고

한 무더기만 집어왔지요.

'그랬더니' '그래' '왔지요'—등, 여러분이 말할

때 쓰는 투로, 생각을 나타낸 것이다.

"엄마하고……," 하는 작품에서도,

참말이야

엄마는

내가

자면서도 빙그레 웃는다고

하셨어

'참말이야' '하셨어' 등, 여러분이 흔히 쓰는 말이다. 그렇기 때문에 「구멍가게 영감님」이나, 「엄마하고」를 읽어보면 자연스럽다. 일부러 꾸미려 하지 않았다.

여러분이 자기의 느낌이나 생각을 표현하는 가장 좋은 길은, 생각을 생각으로 느낌을 느낌으로 자연스럽게 나타내는 일이다.

삐악삐악 병아리가 노래를 할 때.

하얗게 하얗게 앵두꽃이 피었다.

팔랑팔랑 앵두꽃이 떨어질 때에

병아리는 어미 등에 발돋움하고
넓은 들은 바라보았다.

빨갛게 빨갛게 앵두 익은 오월에
삐악삐악 병아리는 어디로 갔나.

「병아리」 김주성

"삐악삐악 병아리" "하얗게 하얗게 앵두꽃" "팔랑
팔랑 앵두꽃" "빨갛게 빨갛게 앵두 익은" 등은 일부
러 꾸미려고 꾸민 글이다. 일부러 꾸미려고 꾸민 글
에는 '참된 느낌'이 나타나지 않는다.

어미 등에 발돋움하고
넓은 들을
바라보던
병아리.
앵두가 빨갛게 익었는데
지금은
어디 갔을까?

두 편을 비교해 보라. 그러므로 여러분은,

① 꾸미려는 생각을 버릴 것.

② 일부러 말을 맞추고, 첫절과 둘째 절의 대를 맞추려 하지 말 것.

③ 자연스럽게 표현할 것.

이 세 가지를 명심하라.

그러나 느낌을 느낌으로 자연스럽게 표현하려면 몇 가지 중요한 문제가 있다.

첫째,

"호콩 일 전어치만 주세요."

그랬더니 구멍가게 영감님,

유리구멍으로 내다보면서

라는 구절에 '구멍가게 영감님이' 하지 않고, '구멍가게 영감님' 했을까? 만일 '구멍가게 영감님이' 하면, 느낌이 처지고, 설명이 앞선다. '구멍가게 영감님' 했기 때문에 뜻을 돋우고, 느낌이 세차게 울리게 된다.

―아름다운 진달래꽃

방끗 웃는다.

—아름다운 진달래꽃이 방끗 웃는다.

어떻게 다른가? 뜻은 같다. '아름다운 진달래꽃 방
끗 웃는다'는 '진달래꽃'에 강한 느낌이 놓이게 된
다. 그러나 '진달래꽃이 방끗 웃는다'라면, '웃는다'
의 뜻이 세차지만, 느낌이 울리지 않는다.

이것이 중요한 문제다. 여러분은 느낌을 느낌으로
표현하기 때문에, 느낌이 접히고, 뻗치고, 부드럽고,
세찬 것을 나타내야 한다.

그것은 '말의 뜻'이 아니다. 그 울림이다.

둘째,

엄마하고

길을 가면

나는

키가 더 커진다.

라는 구절을 다시 살펴보자. 엄마하고 길을 함께
간다고 키가 커질 리가 없다. 그러나 여러분이 어머

니와 길을 함께 가면, 키가 커지는 것 같은 느낌이
든다. '커지는 것 같은 느낌'이 세차게 되면 이렇게
될까? '커진다'가 된다.

이것이 작문에 쓸 때와 다른 점이다.

셋째, 여러분이 자기의 생각이나 느낌을 나타내는
데, 이렇게 해야 한다는 정해진 방법이 없다.

다만, 시로서 이룩될 생각이나 느낌을 길게 설명하
는 것이 아니기 때문에 우리들이 짧게 표현될 뿐이다.

예쁜 햇님
떴다 동쪽
밝았다 땅이

좋은 햇님
진다 서쪽
어둡다 땅이

「햇님」 정찬규

이처럼 짧게 표현된 것은, 한마디 한마디가 지은이
의 거센 느낌을 담은 것이며, 그렇기 때문에 짧게 표

현되었을 뿐이다.

바람이 창을 넘어 들어와서 아기 보는 그림책을 얼른
얼른 넘겼습니다. "애, 애, 그만 보고 나가 놀자."

아기는 바람을 따라 밖으로 나가서, 온종일 연을 날리
고 놀았습니다.

이튿날도 바람은 찾아왔습니다. 이 날은, 창이 꼭 닫혀
있었습니다. 붕붕붕, 문풍지를 울려도, 아무도 열어 주지
않았습니다.

바람은, 뒤껼으로 해, 앞마당으로 해서, 마루 위로 올
라갔습니다.

"으응, 미닫이도 닫았네."

마침 미닫이에 조그만 문구멍이 하나 뚫려 있었습니
다. 바람은 그리로 눈을 대고 들여다보았습니다.

"에그, 이 바람 봐……."

엄마는, 얼른 문구멍을 틀어막았습니다. 콜록 콜록, 아
기 기침 소리가 났습니다.

"아하아, 어저께 감기가 들었구나."

바람은 마른 호박잎을 딛고 담을 넘어, 멀리멀리 가버
렸습니다.

「아가와 바람」 윤석중

이처럼 줄줄 길게 엮어졌다 해서, 그것은 작문이
아니다. 줄글이기 때문에 작문이 되고, 가락에 맞춰
토막토막 잘라 쓴 글이기 때문에 시가 되지 않는다.
'시의 마음'은 어떻게 표현되더라도 시가 되며, 사실
을 알리고 밝히는 글은 어떻게 표현되더라도 작문이
되는 것이다.

어떻게 표현할까?

이 문제는, 자기의 느낌에따라 얼마든지 자유스러
운 것이다. 이 자유를 막은 것은, '느낌을 느낌대로'
'생각을 생각대로' 나타내야 한다는 사실 뿐이다.

② 말을 가려서 써라.

대낮에도 환하게
불 밝힌 방안에

연꽃송이 봉긋한

봉오리 속에

심청이가 송골송골

살아난다.

물살처럼 풀리는 미소를

물고 있다.

아아

연꽃이 폈구나.

일곱 층계 포근한

꽃방석 위에

심청이가 앉았구나.

칠칠하고 새까만 머리를

곱게 빗질하여 새빨간 댕기를

불꽃을 따온 듯

드리고 있구나.

「연꽃」 박목월

아버지의 먼 눈을 뜨이게 하려고, 공양미 삼백 석 (三白石)에 몸을 팔아, 인당수에 몸을 던진 효녀 심청이의 이야기는 여러분도 다 아는 것. 그 심청이가 다시 살아나는 이야기를 시로 썼다.

대낮에도 환하게
불 밝힌 방안에
연꽃송이 봉긋한
봉오리 속에

라는 것은, 봉긋한 연꽃봉오리 안이 대낮에도 환하게 불을 밝힌 방과 같다는 뜻이다. 그 연꽃봉오리 안에

심청이가 송골송골
살아난다.
물살처럼 풀리는 미소를
물고 있다.

심청이가 다시 "송골송골 살아난다"는 것이다. 송

골송골은 이슬방울이 송골송골 돋는다고 흔히 쓰는 그 '송골송골' 이다. 방울져서 맺혀지는 모습을 표현하는 말이다. 심청이가 연꽃봉오리 안에서 '다시 살아나는 모습'이 마치 이슬방울이 저절로 맺혀서 커지듯, '저절로 살아난다'는 뜻이다.

"물살처럼 풀리는 미소를 물고 있다"라는 구절에 "미소를 물고 있다"는 입가로 방그레 미소를 띠우는 모습이 '미소를 꽃송이처럼 물고 있는 것'처럼 아름답다는 뜻이다.

혹은,

> 빨간 댕기를
> 불꽃을 따온 듯
> 드리고 있다.

빨간 댕기는 드리는 것이기 때문에 '불꽃 한 자락을 따온 듯'이라고 표현했다. 그리고 '드리고 있다'도 '드렸다'로 하지 않음은. '바라보는 것'을 더 확실하게 나타내려고 한 것이다.

「연꽃」이라는 시를 한편만 더.

연꽃은

해만 뜨면 부시시 깨지요.

연꽃은 연꽃은

세수를 안 해도 곱지요.

「연꽃」 윤석중

윤석중 선생이 지은 것이다. '연꽃이 부시시 깨지요'는 연꽃이 조용히 벌어지게 되는 모양이다. 그것을 '가만히 꽃송이가 벌어진다.'라고 표현하지 않는 것은, 까닭이 있다.

연꽃송이가 마치 잠을 막 깬 어린 아기처럼 귀여운 느낌이 드는 것이며, 그렇기 때문에 "부시시 깬다"라고 표현한 것이다.

만일 '연꽃이 가만히 피어난다'라고 표현했더라면, 쌔근쌔근 하룻밤을 편안히 자고 말없이 부시시 깨는 아기에 대한 귀여운 느낌이 연꽃송이에게 베풀어지지 않았을 것이다.

위에서

—심청이가 송골송골 살아난다.

―미소를 물고 있다.

―연꽃이 부시시 깬다.

라는 표현은, 그렇게 표현할 도리밖에 없는, '어쩔 수 없는 표현' 들이다.

―연꽃이 부시시 깨지요.

라는 말에서만 지은이의 느낌이 담겨지는 것이기 때문이다.

우리가 참된 자기의 느낌이나 생각을 담으려면, 말 한마디 말 한마디에 실린 느낌을 헤아릴 줄 알아야 한다.

말이 곧 생각이다.

말이 곧 느낌 그것이다.

그러므로 알맞은 말은 가려서 쓰자는 것은 참된 자기의 생각이나 느낌을 나타내는 길이기 때문이다.

③ 시는 설명이 아니다.

시가 설명하는 일이 아님은 위에서 여러 번 이야기한 사실이다. 그러면 시에서 설명문이 한마디도 씌어지지 않는 것일까?

구름이 하늘에서 재주를 부립니다.

"어머니, 저것 좀 보. 구름이 흰 곰 같애."

바람이 가만가만 구름을 떼밉니다.

"어머니, 저것 좀 보. 구름이 강물 같애."

햇볕은 따스하게 마루를 비칩니다.

일하는 엄마 손을 아가는 흔듭니다.

「구름」황원영

이 작품 중에

──구름이 하늘에서 재주를 부립니다.

설명문이다. 시에서 쓰이는 설명문은 작문에 쓰이는 것과 어떻게 다를까?

나는 오늘 학교에 갔습니다. 다섯 시간을 했습니다. 첫 시간에는 국어 제 5과를 배웠습니다.

이것은, 학교에 갔다는 것, 다섯 시간을 했다는 것, 첫 시간은 국어 제 5과를 배웠다는 사실의 뜻만을 설명한 것이다. 그러나,

—구름이 하늘에서 재주를 부립니다.

"어머니, 저것 좀 보. 구름이 흰 곰 같애."

이런 구절의 설명문은, 그 뜻만을 설명한 것이 아니다.

작문에서 쓰이는 설명문과 시에서 쓰이는 설명문이 다른 점은,

작문의 설명문은, 사실을 설명하기 위한 설명문이다. 그러나 시에서 쓰는 설명문은, 느낌을 확실하게 구체적으로 나타내기 위한 설명문이다.

그 쓰이는 목적이 다르다.

작문은 뜻이 뚜렷한 설명문이라야 하고, 시에서는, 느낌을 담으려는 설명문이라야 한다.

3. 말을 덜고 줄이는 것.

이슬비 소리 없이 내리더니,

수양버들 나무에

구슬이 맺혔네요.

막대기를 가져 와서

살짝 건드리니

또닥또닥 땅으로

떨어지네요.

소록소록 내리는

이슬비를 먹고서

수양버들 나무에

움이 트네요.

「이슬비」 신호주

경북 계림초등학교 3학년생이 지은 노래이다. 이 글의 평을 윤석중 선생이 다음같이 말했다.

가운뎃절을 덜어 냈으면 더 좋은 시가 되었을 것이다. 첫절 "소리 없이"도 필요치가 않다. 소록소록은 남들이 즐겨 쓰는 표현인데, 끝 절 "소록소록 내리는"에 아까 첫절에서 떨어 버리라 한, "소리 없이"를 갖다 넣어 "소리 없이 내리는 이슬비를 먹고서" 하는 것이 한결 부드럽고, 소리 없이 트는 움하고도 어울리지 않을까? 이처럼 말 한마디를 이리 옮기고, 저리 옮기는 데따라, 그 노래의 맛이 달라지는 것이다. 동요를 음식에 비한다면 말솜씨는 양념에나 비길까? 음식이란 양념이 좋고 간이 맞아야 입맛에 드는 법이다. 느낀 대로 쓰라고 했다 해서 그대로 털어놓는다면 간장 없이 먹는 가락국수처럼 싱거울 것이다.

윤 선생이 말씀하신 대로 고쳐보자.

이슬비 내리더니
수양버들에
구슬이 맺혔네요.

소리 없이 내리는

이슬비를 먹고서,

수양버들 나무에

움이 트네요.

　한결 글이 짜여진 느낌이 든다. 글이 짜여진 느낌이 드는 것은, 이 글로서 표현하려는 요점이 또렷해진다는 뜻이다. 신호주 군이 지은 「이슬비」라는 작품 중에서 가장 중요한 대목은 '이슬비를 먹고 수양버들 나무에 눈이 튼다' 는 것이다. 또한 이 줄이 「이슬비」 중에서 가장 아름다운 구절이다. 그러므로 이 줄에 「이슬비」라는 글의 요점이 스며 있다.

　그러나 가운뎃절,

막대기를 가져와서

살짝 건드리니

또닥또닥 땅으로

떨어지네요.

　하는 것은, 이 글의 요점이 되는 '이슬비를 먹고서 수양버들나무에 눈이 트는 것' 과는 별로 상관이 없는 사실이다. 상관이 없는 것이기 때문에 요점을 살리는 데 도움이 되지 못한다. 군더더기에 지나지 않는다.

글에서 군더더기가 붙으면 붙을수록, 요점을 죽이게 된다. 그래서 가운뎃절을 덜어내니, 글이 더 짜여진 느낌을 돋우고 요점이 살아난다.

또 한 가지만 더.

나룻배가 강나루를 떠났습니다.
아기 업은 엄마 손님 한 분 태우고
제비들만 오고 가는 저녁 강 위를
소리 없이 둥실둥실 떠났습니다.

수양버들 푸른 가지 우거진 마을
저녁 연기 솔솔 솟는 강건너 마을
저녁밥이 늦었다고 근심하시는
엄마 손님 태우고서 떠났습니다.

노를 잡은 뱃사공의 검은 그림자
강물 위에 어릿어릿 어릴 때마다

나룻배는 흔들흔들 몸을 흔들며
슬쩍슬쩍 물결 타고 잘도 갑니다.

「나룻배」이종묵

미끈하게 다듬어진 것 같지 않다. 몇 줄 되지 않는 짧은 글에 '떠났습니다'가 몇 번이나 거듭되고, '우거진 마을' '강 건너 마을'이 겹쳐지고, '둥실둥실' '솔솔' '어릿어릿' '흔들흔들' '슬쩍슬쩍'이 절마다 끼고, '손님 한 분 태우고'가 두 번이나 되풀이 되었다.

위의 작품을 자세히 살펴보면, 첫절 넉 줄 중에

제비들만 오고 가는 저녁 강 위로
소리 없이 둥실둥실 떠났습니다.

두 줄은, 첫째 줄 "나룻배가 강나루를 떠났습니다"는 되풀이해서 설명한 것이다. 그리고 '제비가 오고 가는 저녁 강물'은, 다음 절에 "저녁연기 솔솔 솟는 강 건너 마을"로서 능히 짐작이 가는 사실이다. 우리가 어떤 풍경을 노래할 때, 특징이 되는 것만 잡아 표현하고 나머지는 저절로 읽는 분의 머리에 떠오르게 해야 한다.

또, 가운뎃절에도,

수양버들 푸른 가지 우거진 마을

은, 저녁연기 솔솔 솟는 강 건넛마을과 겹치는 표현이다. 그리고 끝 줄의 "엄마 손님 태우고서 떠났습니다"는 첫절 첫째 줄의 되풀이다.

셋째 절에서도 첫 두 줄

노를 잡은 뱃사공의 검은 그림자
강물 위에 어릿어릿 어릴 때마다

는, 뱃사공의 검은 그림자가 강물에 어리는 것을, 표현한 것으로는 표현이 지루하고 수다스럽다. 나머지 두 줄도, '나룻배가 잘 간다'는 것의 표현으로서는 표현이 길다.

그래서 이 '나룻배'에서 말을 덜어 버리고 다음 같이 표현하면 어떨까?

나룻배가 강나루를 떠났습니다.
아기 업은 엄마 한 분 탔습니다.

저녁 연기 솔솔 강 건너 마을
저녁 밥이 늦었다고 근심합니다.

노를 잡은 뱃사공의 검은 그림자
나룻배는 물결타고 잘도 갑니다.

이렇게 두 줄씩을 덜어내고 나니, 한결 표현이 미끈한 느낌이 든다. 둘째 절에 누가 '저녁밥이 늦었다고 걱정하는지' 모르지 않겠느냐고, 생각할 사람이 있을지 모른다. 그것은 헛걱정이다. 첫 절에 '아기 업은 엄마'라고 밝혀져 있지 않느냐.

글을 간다하게 덜어서 줄이면 줄일수록, 남은 글들이 더 생기가 돌고, 힘이 생긴다. 시의 표현이 짧은 것은, 작문보다, '덜어서 줄임'으로 표현에 깊이와 아름다움과 힘을 베풀기 때문이다.

윤석중 선생도, "느낀 대로 쓰라고 했다 해서 그대로 털어놓는다면, 간장 없이 먹는 가락국수처럼 싱거운 것"이라 했다. 시(동요)에 양념이나 간이 되는 것은 무엇일까? 윤 선생은 '말솜씨'라 했지만, 시에 시다운 맛을 내게 하는 것은 실로 '덜어서 줄임'에 있는 것이다.

우리가 느낀, 오묘한 느낌을, 느낌대로 표현할 수 있는 모든 힘이 '느낀 대로 털어놓는 것'을 덜고 줄이는 데서 우러나는 것이며, '덜어서 줄이는' 동안에 우리는 우리가 느낀 오묘한 느낌을 오묘한 느낌으로 빚을 수 있는 것이다.

4. 처럼, 같이, 듯

① '처럼'이 왜 필요한가?

여러분의 생활을
① 새처럼 노래하고
② 나비처럼 춤추고

③ 개처럼 쏘다닌다.

라고 흔히 말한다.

① 새들이 하루 종일 나뭇가지에서 가지로 옮아가며 지저귀듯이 여러분도 곧잘 맑은 목소리로 노래를 잘 부른다는 뜻이다.

② 나비가 꽃에서 꽃으로 날아다니며 춤을 추듯이 여러분도 친구들과 어울려 껑충껑충 뛰며 너울거리며 논다는 뜻이다.

③ 개가 골목 골목으로 휘돌아다니기를 좋아하듯이 여러분도 끼니 때조차 잊어먹고, 친구를 따라 돌아다니기를 좋아한다는 뜻이다.

①에서는 노래를 한다 해서, 여러분과 새를

②에서는 춤을 춘다 해서, 나비에다 여러분을

③에서는 휘돌아다닌다 해서, 개에다 여러분을 겨눈 것이다. 이것을 비유라 한다.

글에서 비유가 왜 필요한가?

무엇을 무엇에 견주어 말함으로 얼른 그것을 낱낱이 드러내 알리고 느끼게 할 수 있기 때문이다.

바다를 한 번도 가 본 일 없는 동무에게 바다를 아무리 설명해도 얼른 깨닫지 못하리라. 그때,

바다는 하늘처럼 너르고 푸르다.

바다는 하늘 같다.

바다는 하늘인 듯 시원하다.

라고 비유하면 하늘을 쳐다보고

—아마, 저처럼 너른가 보다.

—아마 저처럼 푸른가 보다.

—아마 저처럼 시원한가 보다.

하고, 짐작하게 될 것이다.

비유는 글을 다채롭게 한다. '다채롭다' 라는 말을 아는가? 글에 여러 가지 아름다운 무늬를 수놓는다는 뜻이다.

얼굴이 아름다운 누나가 빨간 댕기를 드렸다라는 것을 나타내기 위해서

보름달 같은 누나가

장미꽃처럼 새빨간 댕기를

드리고 있다.

라고 표현했다 하자. 이 구절을 뜻으로 새기면, '아름다운 누나가 빨간 댕기를 드렸다' 라는 것이지만, 글에서 나타난 것으로 시는

보름달.

누나,

장미꽃.

댕기.

네 가지가 된다.

그러므로 '누나·댕기'만이 아니고 '보름달·누나·장미꽃·댕기'가 되기 때문에 그 글은 우리에게 '더 여러 가지 것'을 생각하게 하고 느끼게 한다.

둘째, 머리속에만 생각하는 것이 아닌, 눈에 보여주고, 귀에 들려주는 힘을 베풀게 한다.

여러분이 덩치가 자그마한 사람을 길거리에서 만났다 하자. 그것을 집에 돌아가, 친구들에게 아무리 작다는 것을 설명해도 설명할 도리가 없으리라.

—머리도 자그맣고

—눈도 자그맣고

—키도 자그맣더라

했자, 친구들은 짐작이 안 가리라.

그때,

—대추씨 같은 머리에

—깨 낱알 같은 눈알을 두리번거리며

—도끼자루만큼 작은 사람이 걸어가는데 참 신기

해.

하면, 친구들이

—그래, 그렇게 작아?

할 것이다.

'대추씨' '깨알' '도끼자루' 등은 직접 우리가 눈으로 보고, 알 수 있는 것이기 때문에 '작다'는 사실을 막연하게만 생각하지 않고 확실히 짐작할 수 있는 것이다.

셋째, 넌지시 알려줄 수 있다.

가령,

'물을 어머니처럼 생각한다'라는 구절이 있다 하자.

우리는 어머니를

① 세상에서 제일 귀하신 분으로 소중히 모신다.→그것처럼 물을 소중히 여긴다.

② 어머니는 자애롭다.→처럼, 물도 목마른 사람의 목을 축여 주는 자애로운 것이다.

③ 어머니의 사랑은 변치 않고, 날마다 새로운 사랑이 솟아난다.→물도 흐르는 것이기 때문에 늘 '새롭고 깨끗하다.'

④ 어머니를 생각할 때마다 우리 마음속에 떠오르는 즐거움→종일 지줄대며 흘러가는 물의 즐거운 노래.

⑤ 물에 퍼지는 물살→어머니 얼굴에 떠오르는 미소.

⑥ 물은 낮은 곳으로 흐른다.→겸손하신 어머니의 마음.

⑦ 물에는 온갖 만물이 비춘다.→어머니 가슴에 어리는 생각.

⑧ 큰 강물의 넉넉한 느낌.→어머니가 계시기 때문에 든든한 우리 마음.

⑨ 거센 물의 노여움→잘못을 꾸짖으시는 어머니의 그 준엄한 모습.

⑩ 개울물의 잔잔한 발걸음과 그 나직한 울림→어머니의 자장가.

우리는 물을 어머니에 겨누어 생각하면 한량없는 사실을 짐작할 수 있다. 이것은 비유의 힘이다.

이렇게 비유의 힘이 크기 때문에 또한 비유만큼 어려운 것은 없다.

실지의 작품을 들어 비유의 어려움과 오묘한 점을 설명해 보자.

나는 보았네,

산 위에서,

어딘지 알 수 없는

꼬막 같은 마을을.

마을의 길목에는

먼지가 이는데,

나 같은 사람이 하나

걸어가고 있는 걸.

나는 보았네,

산 위에서,

언젠가 본 것 같은

꼬막 같은 마을을.

「소풍날」 장대익

전남 계림초등학교 3학년생이 지은 노래다. 이 노래를 특선으로 뽑으신 윤석중 선생도, '꼬막 같은 마을' 이라는 것을 '그럴듯한 비유' 라고 칭찬하셨다.

'꼬막' 이라는 것이 무엇일까?

사전에는 두 껍질이 있는 바다 조개. 회백색(灰白色)을 띤 두꺼운 껍질이 기와집의 지붕과 비슷하게 생겼다고 한다.

'꼬막 같은 마을' 이라는 이 비유를, 왜 윤 선생이 '그럴듯한 비유' 라 했을까?

산 위에는 멀리 바라보이는 마을이 꼬막조개처럼 작게 보인다는 뜻이다.

작게 보이는 마을을 꼬막조개에 비유했다. 그러나 작은 것은 왜 꼬막조개에 겨누었을까?

이것이 문제다.

첫째, 모양이 비슷하기 때문에, 멀리서 조그맣게 보이는 마을 껍질이 기와집의 지붕과 비슷한 꺼뭇하게 생긴 꼬막조개 같았기 때문이다.

그러나 그것만이 아니다.

둘째 까닭은, 장 군이 바닷가에 살았거나, 꼬막조개를 잘 알고 있었기 때문이다.

멀리서 조그맣게 보이는 마을을 '꼬막조개' 라고 비유했기 때문에 장 군이 바닷가에 살고 있었다는 것을 우리는 알 수 있다.

이것이 중요하다.

만일 서울에서 생활한 사람이라면 '꼬막조개'가
아닌, 다른 것이 머리에 떠올랐을 것이다.

작다는 것을,

대추씨.

깨 낱알.

도끼자루

로 비유한 것은, 그 사람이 농촌에서 생활했기 때
문이다.

서울 어린이라면

단추.

구슬.

전기알

같은 것들일 것이다.

그러므로 '무엇을 무엇에 비유하려고 끌어대는
것'은 우리가 겪은 일이 우리도 모르게 머리에 떠오
르는 것이다.

만일 작다는 것을

—모래알 만큼.

—주먹만큼

등, 흔히 쓰이는 것을 끌어대었다면 그 비유에는

'지은이만의 오묘한 세계'가 깃들지 않았으리라.

가령

—보름달처럼 아름다운 얼굴.

할 때는 우리가 늘 써오는 비유이기 때문에 '나만의 참된 느낌이 깃든 비유'가 되지 않으리라. 이것은 시에서 '자기만의 참된 느낌'을 나타내기 위해서는 '자기만의 겪은 일에서 우러난, 느낌이 쳐드는 비유'가 중요하다.

'꼬막 같은 마을'은 장 군이 표현한 비유이다.

셋째, 우리 마을을 내가 사는 마을이기 때문에 어디서 보더라도, 다정한 느낌이 우러나게 된다.

'꼬막'도 '주먹'이나 '돌덩이'와는 다르게 우리에겐 다정한 것을 느끼게 한다.

—친구와 함께 바닷가에 꼬막조개를 주운 지낸 날의 그리움.

—꼬막조개로 소꿉질을 하며 자란 어린 날 그 친구.

이런 꿈을 장 군은 '꼬막조개'라는 말에 간직하고 있었을지 모른다.

넷째, 우리 마을의 역사는 오래다. 낡은 기와집은

한 채 한 채가 전설 같은 이야기를 지니는 것이다.

꼬막조개도 물결에 밀리고 밀린 역사를 간직하고 있다.

그래서 '멀리서 조그맣게 보이는 우리 마을'이, '꼬막조개'처럼 여겨졌으리라. 장 군은 물론 이렇게 깊이 생각하지를 않았을 것이다. 그러나 우리가 참되게 무엇이 무엇으로 느껴질 때는 절로 이렇게 '깊은 비유'가 떠오르는 것이다. 그렇기 때문에 글은 일부러 꾸민 것과 참되게 느낀 것이 달라지게 된다.

② 넌지시 겨누는 비유

지금까지 설명하는 것은 '처럼·같이·듯'이라는 말이 들어간 비유들이다. 그러나 그렇지 않고, '넌지시 비유'하는 것이 또 있다.

밤은 고양이다.
살금살금
기어온다.

'밤은 고양이처럼 살금살금 기어온다.' 는 뜻이다.

그것을 '처럼' 이라는 말을 뽑아 버리고 '밤이 고양 이' 며 '고양이가 밤' 인 것처럼 잘라서 비유한다. 이 것을 '숨은 비유' 라 한다.

우리 집 앞뜰에 파란 손가락.

뾰족뾰족 치미는 파란 손가락

그 손가락 빌려서 글씨를 쓰면

파란 글자 솔솔솔 재미나겠지.

앞 냇가의 버들 눈 파란 버들 눈

뾰죽뾰죽 나오는 파란 버들 눈

그 눈을 빌려서 내다보며는

강남 제비 어디 오나 볼 수 있겠지.

「파란싹」 권기순

우리 집 앞뜰에 파란 손가락이 뾰죽뾰죽 치밀 리가 없다. '파란 손가락 같은 싹' 이다.

'파란 손가락 같은 싹' 이라 하면은, 파란 싹이 손

가락 같은 느낌뿐이오. '그 손가락으로 글씨를 쓰고 싶을 만큼' 마음이 끌리지 않으리라.

　파란 싹↔파란 손가락.

　이렇게 '싹'과 '손가락'이 분별되지 않을 만큼 느낌이 세차게 느껴져서 '글씨를 써 보고 싶은 마음'이 우러난 것이다.

　'넌지시 하는 비유'의 힘이다.

VI. 내가 좋아하는 동시

얼레를 돌린다.

풀려 나가는 연 줄 끝에

연이 꼼작 않는다.

꼼작 않을까

하늘 저편을 넘겨보면

무엇이 있을까.

하고

잠시 머리를

기울이겠지.

참말 꼼작 않을까

굽어보며,

손을 흔드는 때때옷들을

보고

있는 게지.

「연」 박남수

우리가 보아 온 동시 중에 가장 색다른 작품의 하나다. 지금까지 여러분은, 아무리 시가 느낌을 느낌으로 나타내는 것이지만 그래도 우쭐거리며, 노래하는 것이라 생각해 왔을 것이다. 그러므로 글자 수를 맞추어 보려고 했고, 우쭐거리는 멋을 살리려고 애써온 것이다.

그것이 잘못이라는 것은 아니다. 그렇지만 우리의 느낌은 우쭐거리는 것만도 아닐 것이다.

얼레의 실이 풀려지는 대로 높이 날아가든 연이 까불대거나, 도리질을 하지 않고 잠잠히 떠 있다.

꼼작 않고 있는 연―이상하게 고요한 모습이다.

―저 연이 왜, 저래?

이상한 느낌이 가슴에 떠오른다.

―왜, 꼼작 않을까?

연은 무슨 생각에 잠긴 듯했다.

―하늘 저편을 기웃거리는 것일까?

―때때옷을 입은 우리를 바라보고 있는 것일까?

여러분도 의아스러워진다.

그 여러분 가슴을 스쳐가는 느낌.

그 느낌은 우쭐거리는 느낌이 아니다. 노래하고 싶은 느낌이 아니다.

―여러분도 고개를 갸웃이 하고, 꼼작하지 않는 연처럼 말없이 서서 생각하는 것이다.

그렇다. 생각하는 것, 그것을 시로 잡은 것이 박남수 선생이 쓴 「연」이라는 시다.

다시 읽어보라.

얼레를 돌린다.

풀려 나가는 연줄 끝에

연이 꼼작 않는다.

꼼작 않을까.

―연이 꼼작 않는다.

꼼작 않을까.

하는 이 대목을 깊이 생각해 보라. '않는다' 라고 잘라 놓고 '않을까' 라고 다시 고쳐 말한 것은, '연이 꼼작 않는다. 과연 꼼작 않을까?' 하고 '생각하는 대목'이다.

그래서 이 시에서는

'않는다.'

가 첫줄에 나오고, 그 꼼작하지 않는 것을,

—않을까?

—있을까?

—있겠지?

로 '생각을 펼쳐 본' 것이다.

얼마나 여러분이 고개를 갸웃거리며 생각하는 그 생각이 '생각하는 그대로' 고스란히 드러난 것이다.

나비

나비

노랑나비

꽃잎에서

한 잠 자고

나비

나비
노랑나비

소뿔에서
한 잠 자고

나비
나비
노랑나비

길손 따라
훨훨 갔네

「노랑나비」 김영일

이 동시에서 세 가지 점을 생각하며 읽어보라
첫째, 나비가 앉아서 한잠 잔 곳이 '꽃잎'과 '소뿔'
이다. 하루 종일 날아다니며 앉을 '나비의 발자취'를
생각해 보라. 아름다운 것 위에서만 나비는 앉는다.
─하얀 마당귀.
─그 마당에 오붓하게 모여 핀 채송화 꽃잎.

―금빛 보릿대궁이.

―간들거리는 빨랫줄.

―물빛 싸리 꽃.

―낮잠 든 강아지의 귀.

―머리를 쳐들고 멍하니 생각에 잠긴 바위 이마빡.

―아랫마을로 빠지는 오솔길 꼬리.

―나비가 앉은 나팔꽃 위에 핀 나팔꽃.

―아아, 그리고 황소 뿔.

이 채송화 '꽃잎' 과 황소 '뿔' 사이의 햇빛이 금가루를 뿌리는 환한 세계가 나비의 나라다. 그 나라 구석구석마다 '한잠 자고' 가는 나비의 발자취가 남는다.

왜, 하필 '꽃잎' 과 '소뿔' 두 가지만 여기서 들어놓았을까. 그것은 나비의 그 '황홀한 나라' 의 맨 낮은 것과 맨 높은 곳을 지적한 것이다. 땅에 붙은 '꽃잎' 과 소 키만큼 높은 공중, 그 안에 있는 모든 빛나는 세계는 다 나비가 한잠 자고 갈 수 있는 '나비의 나라' 라는 것을 나타낸 것이다.

그리고 끝 절.

길손 따라

훨훨 갔다.

라는 구절은, 이 빛나는 '나비의 나라' 안에서 나
비는 한곳에 머물지 않고, 늘 새롭게 아름다운 곳을
찾아다님을 뜻하는 것이다.

—새롭고 아름다운 것을 찾아가려는 나비의 마음.

—그 금빛 가냘픈 날개에 실려 있는 너무나 욕심
많은 나비의 꿈.

둘째, 이 작품에서 몇 마리의 나비를 노래했을까.

한 마리?

그럴 수도 있지.

한마리의 노랑나비는 열 마리, 백 마리의 노랑나비
가 된다. 어떻게 그렇냐고. 교실 의자에 앉아 있는
나는 한 사람이지만, 의자에 앉아 나는

방학이 되면,

—시골로 할머니 집에 가는 나.

—해수욕을 가는 나.

—친구와 재미나게 노는 나.

ㅡ……

등, 한꺼번에 여러 곳으로 돌아다니는 여러 개의
'나'를 꿈꿀 수 있다. 그것처럼,

한마리의 꽃잎에 앉은 저 노랑나비는 소뿔에 앉은
저 노랑나비고, 소뿔에 앉은 저 노랑나비는 빨랫줄
에 앉아 꿈꾸는 또 다른 나비가 되기 때문에,

이런 사실이 어디서 표현되어 있느냐고.

나비
나비
노랑나비

'나비'를 거듭 되풀이하는 이 '말의 울림'이 주는
느낌 속에 깃들어 있지.

셋째, 왜, 이 시가 세 절로 나누어졌느냐고?
한 절이 한 떼거리의 나비들이라고 생각해보면 어
떨까?

여러분은 아마 내 설명이 좀 지나친 것처럼 생각할
지 모른다. 그러나 어림없는 소리다. 시라는 것은 아

무리 친절하게 생각해 주어도 과하다는 일이 없다.
말 한마디 한마디가 '한 개의 세계'라 하지 않느냐.

산을 넘는 오솔길에
누가 혼자서 넘어갔다.

소 멕이다 돌아갔을까?
혼자 놀다 집에 갔을까?

저녁놀이 빨갛게
비쳐오는 고갯길

진달래꽃 송이송이
발자국처럼 남기고 갔다.

「고갯길」 박화목

이 작품을 여러분께 보여드리는 까닭은 '시의 표현'이 얼마나 오묘한 것인가 짐작하라는 뜻이다.
끝 절을 다시 읽어보라.
만일, 진달래 꽃 송이송이를 발자국처럼 남기고 가

지 않고 '발자국을 진달래꽃처럼 남기고 갔다' 라고 표현했더라면 이 시가 어떻게 되었을까? 같은 뜻일까?

어림없는 소리다.

'발자국을 진달래꽃처럼 남기고 갔다' 라면, 저녁놀이 빨갛게 비쳐오는 '산을 넘는 오솔길'에는, 여기저기 흩어져 피어 있는 진달래처럼 발자국이 나 있다는 뜻이 된다.

그러나 '진달래를 발자국처럼 송이송이 남기고 갔다' 라면, 고갯길에는 혼자 넘어간 사람이 뿌려 놓은 진달래꽃이 송이송이 떨어져 있다는 뜻이 된다.

'발자국'과 '진달래꽃'이라는 말 한마디의 자리가 바뀜으로 얼마나 달라지는 것일까?

나는 이 시를, 산을 넘는 오솔길에 진달래꽃이 송이송이 뿌려져 있는 것이라고만 생각하지 않는다.

저녁놀이 빨갛게 비쳐오는 고갯길에 여기저기 흩어져 피어 있는 진달래꽃이 '소를 멕이다가' 혹은 '혼자 놀다가' 집으로 돌아간 분의 발자국 같다고 여기면 어떨까?

그렇게 되면,

—소를 먹이며

—혼자 놀면서

생각에 잠겼을, 그 생각들이 진달래꽃으로 피어 저녁놀이 비치는 고갯길에 '생각이 남긴 발자국'으로 여기저기 피었을 것이다.

—그 신비로운 동화 같은 세계

—그 혼자 간 분이 산길을 외롭게 넘어가는 내가 꿈꾸는 선녀 같은 느낌.

가위는

입이 커서

먹이만을 찾는다.

엄마 반짇고리에서

두발을 벌리고

한숨 자고는

헌옷도

끊어먹고

종이도

끊어먹고

두발을 벌리고

또 한숨 자고

큰 입을 열고는

무서운 꿈 꾸나봐.

「가위」 유대건

이 작품 중에서 끝 절 "큰 입을 열고는 무서운 꿈 꾸나봐"를 '큰 입을 벌리고'로 고쳤으면……

'입을 연다'는 것은 입을 다물고 말을 하지 않다가, 겨우 말을 하게 될 때, 흔히 쓰이는 것이다. 입을 쩍 벌리고 잠을 자는 것은 '입을 벌리고'라고 말하기 때문이다.

이런 문제는 그만두고…… 나는 이 작품이 참 좋다.

가위는

입이 커서

먹이만을 찾는다.

실감이 나는 구절이다. 가위만큼 '입'이라는 말을 우리에게 느끼게 하는 것은 없다. 가위는 입과 손잡이뿐인 물건이다. 그 가위가 입을 쩍 벌리는 모습은

군것질이나, 먹을 것만을 찾는 욕심꾸러기들의 '마음' 같은 것이다. 참으로 먹구잡이들은 늘 마음속에 '가위처럼 큰 입을 쩍 벌리고' 있는 것일까?

이 「가위」 같은 작품이야말로 시인이 아니면 못 쓰게 될 작품이다.

우리가 시를 쓴다는 것은, 우리 주위에 있는 모든 것을 '시인의 눈'으로 바라보는 일이다.

입을 쩍 벌리고 있는 가위에서 먹구잡이 아기를 느끼고,—혹은 먹구잡이인 자기를 느끼는 이것이 '시인의 눈'이오, '시를 쓰는 마음'이오, 시를 쓰는 생활이다.

만일 이런 눈으로 여러분의 주위를 살펴보라.

책상의 책꽂이, 연필, 책, 실패, 신, 우산, 노리개, 상자…… 무엇 하나 '물건'으로만 여러분 눈에 비치지 않을 것이다.

그 하나하나가,

느낌을 가지고,

눈짓을 보내는,

말을 지닌

무엇이 될 것이다.

소나기 지나가고

먼 하늘이 동트듯 환해지자,

지붕 추녀를 타고 내려오는 빗물이

마당에 조그만 여울을 만든다.

그러면 그 여울 위엔

수없이 많은 물방울이 생겨

흐르는 물을 따라

앞서거니 뒤서거니 경주하듯

떠내려간다.

물방울은

우리의 귀여운 어린이.

「물방울」 장만영

　여러분이 이 시를 읽다가, 끝 절에 이르러 이상한
감동을 받게 될 것이다.

수없이 많은 물방울이 생겨

흐르는 물을 따라

앞서거니 뒤서거니 경주하듯

떠내려간다.

　에까지는, 마당에 쏟아지는 빗방울을 '보이는 대로' 표현한 것이다. 눈에 뵈는 대로 빗방울들의 모양을 그렸기 때문이다. 그래서 여러분도 '물방울의 모양'을 무심히 구경했을 따름이다.
　그러나 끝 줄,

　물방울은 우리의

　귀여운 어린이.

　로서 비로소, 장 선생이 어떤 생각으로 그 빗방울들을 바라보고 있었나 하는 것을 깨닫고 여러분은 놀랐을 것이다. 다시 말하면, 첫 절에 길다랗게 표현된 물방울들이 끝 두 줄로서 '귀여운 어린이'로 만드는 이 요술 같은 표현법.
　끝 두 줄을 읽고 나서 다시 첫절을 읽으면, 이제는 빗방울이 아니라, '귀여운 아기'들이 되는 것이다.
　이 사실을 다시 생각해 보면, 창밖에 떠 흐르는 물

방울을 무심히 바라보다가, 문득 귀여운 아기처럼 느껴지게 되는—우리가 무엇을 무심히 바라보다가 그것이 귀엽고 사랑스러운 다른 무엇처럼 느껴지게 되는, 이 느낌이 피어나온 흐름이 용하게 나타나 있는 작품이다.

얘기를 하고 싶은
얼굴을 하고
참새가 한 마리
기웃거린다.

참새들의 얼굴을
자세히 보라.
모두들 얘기가 하고 싶은
얼굴을 하고 있다.

아무래도
참새는 할 얘기가 있나 보다.
모두 쓸쓸하게 고개를 꼬고서
얘기가 하고 싶은

얼굴들이라.

「참새의 얼굴」 박목월

끝으로 내가 쓴 작품을 한 개, 여러분께 보여 드리
리라.

내가 이 「참새의 얼굴」에서 표현하고 싶은 요점은

① 짐승이나 사람이나 목숨을 가진 것은, 다 외롭
고 그렇기 때문에 이야기가 하고 싶은 얼굴을 가졌
다는 것.

② 세상에서 가장 귀여운 모습은. 어린 것이 아버
지나 엄마에게 무슨 하고 싶은 이야기가 있는 얼굴
을 하고 아버지나 엄마 방을 기웃거릴 때, 그 '이야
기가 하고 싶은 얼굴' 이기 때문에.

기껏 한다는 이야기가,

─만화책을 사 달라.

─돈을 달라.

혹은 형이나 누나의 '조그마한 비밀' 이지만.

직접 이 동시를 쓰게 된 동기는─.

① 하루는 서재에서 원고를 쓰고 있는데, 막내놈
(여섯 살)이 내방을 몇 번이나 기웃거리는 것이다.

―웬일일까?

하고 무심히 고개를 들어 보니, 그때 얼굴을 또 쏙 내민 그 어린놈의 얼굴은 '온 얼굴이 말을 하고 있었 다.'

―눈도

―입도

―입가의 미소도

다 '소리 없는 말' 을 하고 있는 것이다.

―신규야. 왜?

하고 내가 물었다. 신규는 막내의 이름이다. 그제 야, 입가의 미소가 온통 빙글빙글 웃는 웃음으로 변 하며,

―저어, 아버지. 총장수가 왔어. 총장수 말이야.

'총장수' 란 간혹 우리 집앞 골목으로 드나드는 '노 리개감' 을 파는 영감이다. 총을 사 준 일이 있기 때 문에 '총장수' 라 부른다. 그때, 문득 '이야기가 하고 싶은 얼굴' 이라는 말이 내 머리에 떠올랐다.

그러나 그 자리에서는 다른 원고를 쓰느라고, 그 일은 잊어버렸던 것이다.

② 몇달 후―

하루는 글 쓸 것을 생각하며 물끄러미 창밖을 바라보고 있었다. 날이 흐리고 바람이 부는 오전이다.

창밖, '엄나무' 가지에 참새가 한 마리 날아왔다.

그 귀엽고 조그마한 머리의 보얀 털이 바람에 포실포실 날리고 있었다. 항상 무엇에 놀란 듯한 동그란 눈이 내 서재를 기웃기웃 바라보는 것이다.

그리고 날아가 버렸다.

날아갔군 생각하는데 다시 날아와 그 가지에 앉아 또 내 서재를 기웃거린다.

—아아 이야기가 하고 싶은 얼굴.

나는 가만히 부르짖었다.

그러나 우리 아기의 얼굴처럼 귀엽기만 한 것이 아니다. 울고 싶도록 서러운 생각이 들었다.

왜?

하고 물으면 그 까닭은 나도 모른다.

—꼭 하고 싶은 이야기가 있는데 참새는 '말이 없지' 않느냐?

—그러나 '말이 없는 것' 은 사람도 마찬가지가 아니냐? 우리들의 말이란 우리들 속에 것을 다 남에게 전할 수 있는 힘이 없는, 흙가루 같은 것.

그런 생각이 들었는지 모른다.

생각해 보니,

―모든 목숨을 가진 것은 다 '쓸쓸'하게 고개를 외로 꼬고 사는, '이야기가 하고 싶은 얼굴' 같은 것이리라.

그것을, 동시로 써 본 것이다.

제 2 부

동시를 쓰는 길

1. '여러분'이라는 말

나는 이 글을 쓰려고 많은 어린 학생들을 머리속에 그려보며, 여러분!—하고 불러 보았다. 물론 마음속으로, 그리고 한참 동안 붓 끝을 멈추고 실지로 옛날에 사귄 어릴 적 친구의 모습과 교실에서 가르친 학생들의 모습을 하나하나 더듬어 보았다.

—국어 시간에 선생님인 나를 눈이 똥그랗게 쳐다보던 학생의 그 눈동자.

—꾸중을 듣고 뒤통수를 슬슬 긁으며 돌아선 학생

의 모습.

　—비오는 거리에서 우비도 없이 빗발 속을 달려가
다가 문득 선생님을 발견하고 놀라, 서서 인사를 하
던 학생, 그 머리카락마다 한 개씩 빗방울이 달린.
—덧니박이 학생.

　아아, 그렇다. 덧니박이 이 군은 웃을 때만 감추어
져 있던 덧니가 슬며시 나타났다. 덤불 속에 숨었던
꽃송이가 바람이 불 적마다 갸웃이 얼굴을 내밀 듯.
(바람은 이 군의 방긋 웃는 웃음일까?)

　—덧니박이 동생도 덧니박이었다. 형제가 나란히
웃을 때는 나란히 덧니를 드러내고 웃었다. 그 사랑
스럽던 모습.

　(보고 싶다.)

　(이제는 많이 컸을 거야.

　어린 오얏나무처럼 어리고 귀엽던 덧니박이 형제
는 이제는 커다랗게 자라, 가지마다 오얏 열매 더럭
더럭 달렸겠지.)

　덧니박이 형제가

　보고 싶다.

웃을 때만 한 개씩

얼굴은 내미는

넓적한 덧니

　　(덧니도 웃고 있었다.)

그 애 이름이

뭐더라?

─뭔지 생각은 안 나도

어린 오얏나무처럼

귀엽고 사랑스러웠다.

(꽃송이가 한 개씩 달린

바람과 희롱하는

햇빛 속에 오얏나무……)

이런 느낌.

　그 외에도 많은 어린 학생들이 내 머리속에 떠올랐다. 나는 갑자기 '여러분' 하는 말이 이상한 느낌이 들었다.

'여러분' 이라는 한마디 말 속에는,

—얼마나 많은 그리운 얼굴이 깃들었으랴.

—얼마나 만나보고 싶은 학생들이 살까보냐.

—얼마나 다정한 학생들이 숨었으랴, 그 많은, 내가 그리운 어린 학생들이 '여러분' 이라는 말 속에 갸웃이 숨고, 나붓이 얼굴을 감추고, 넌지시 숨을 죽이고 모였다가, 내가 한번 곰곰이 마음속에서 '여러분' 이라는 말을 되새겨 보는 동안에 모두 웃으며 히히대며 해죽거리며 눈짓을 하며 살아난다.

참 이상하다.

말[言語]이라는 것은 무엇일까?

—엄마 밥 줘.

—자아식. 과자 나눠 먹자.

—흥, 바람이 부는군.

—우비, 빌려 줄 테야, 뭐, 안 빌려준다고. 이 주먹맛을 봐야겠니?

이것은 우리가 노상 쓰는 말이다. 그러면 이런 말은 '여러분' 이라는 말과 다른 것일까?

물론 뜻이야 다르지, 그러나 그런 뜻이 아니고 다

른 무엇이 '여러분' 이라는 말속에는 숨어 있는 것이 아닐까? 그러나 그것은 엉뚱한 생각이다. 말은 다 같은 말이다. '자아식' 이나 '여러분' 이나. 다만,

—엄마 밥 줘.

하는 말은 우리가 연장처럼 쓰는 말이고, '여러분' 이라는 말에서는 우리가 좋아하는 꽃이나 검둥이나, 누나처럼 사랑을 느꼈을 따름이다. 아니, 이것은 내가 표현을 잘못했다. '자아식' 이라는 말은 언제나 연장처럼 쓰여지는 말이며 '여러분' 이라는 말에서는 사랑을 느낄 수 있는 것이 아니다. 어떤 말이든

① 연장처럼 쓸 수도 있고,

② 어떤 말에서라도 사랑을 느낄 수 있다.

하루는 뜰을 물끄러미 바라보고 있었다. 뜰에는 만발한 해당화가 한 그루 바람에 너울거리고 있었다.

하늘에는 구름 한점 없는 그 환한 햇빛 속에서……

—어느 한 송이는 고개를 약간 외로 꼬고 무슨 생각에 잠긴 것 같았다. 숙제를 까먹고 온 김 군처럼.

—어느 한 송이는 고개를 바싹 치켜들고, 아주 뽐내고 있었다. 선생님이 성적을 발표하시는 시간에

뜻밖에 '김정수 100점' 하는, 자기 이름을 듣고 고개
가 번쩍 쳐들어진 나 자신처럼.

—그리고 어느 한 송이는 노상 잎새 사이로 얼굴을
갸웃거린다. 장난꾸러기 '곰보' 처럼.

(아아 그 곰보는 어떻게 됐을까? 자기 어머니가 곰
보래서 그것이 그 소년의 별명이 되었던 얼굴이 곱
상한 장난꾸러기.)

—그리고 그 중에도 가장 큼직한 꽃 한 송이는 다
른 가지 끝에 점잖이 혼자 펴서, 땅으로 얼굴을 돌리
고 있었다.

밤늦게 시험 공부를 하다가 문득 돌아보면 다 잠이
든 가족들 머리맡에서 기도를 드리고 계시던 아버지
처럼.

이렇게 만발한 해당화 꽃송이들이 자자분한 것들
은 저이들끼리 바람이 불 적마다 눈짓을 하며

—자아식 왜 놀려.

—누굴 놀려

—왜 눈이 찡긋거리느냐 말야

—못난 자아식, 눈을 찡긋거리면 다 놀리는 거냐?

하고, 수다를 피우며 헤룽거리며 익살을 부리는 것 같았다.

(여러분도 한몫 끼고 싶은 생각이 들거야, 만일 바람에 불리는 꽃나무를 자세히 바라본다면……)

이 꽃송이가 꽃송이끼리

자아식,

―자아식.

서로 눈짓을 하며 부르는 소리는 아무리 '자아식'이라는 말이 그 뜻은 상소리로서 입에 못 담을 것이라 하더라도 우리는 가슴이 후끈하게 사랑스러운 소리로 들릴 것이다.

이제 '동시란 무엇인가' 하는 이야기로 말머리를 돌려야 하겠다.

나는 위에서 우리가 말[言語]을

① 연장처럼 쓸 수도 있고

② 우리가 좋아하는 누나나 검둥이나 꽃처럼 대(對)할 수도 있다고 말했다.

이것은 여러분이 만일 동시가 무엇이냐, 혹은 시

(詩)가 무엇인가, 알고 싶은 마음이 있다면 깊이 생각해야 할 문제다. 왜냐하면.

① 말을 연장처럼 쓰는 사람의 마음속에는 시가 고일 수 없고.

② 말을 누나나 꽃송이처럼 사랑할 수 있는 사람의 가슴에는 시가 넘치도록 고이기 때문이다.

어떻게 그럴까?

송아지 송아지
얼룩 송아지
엄마소도 얼룩소
엄마 닮았네

송아지 송아지
얼룩 송아지
엄마귀도 얼룩 귀
엄마 닮았네

「송아지」 박목월

이것은 내가 중학교 다닐 때 쓴 시다. 이 시에 나오

는 '송아지'는 사실은 송아지가 아니다. 그것은 '나'며 나의 아우들이다.

바보 같은 소리라고, 어떻게 털이 보숭보숭하고 두 눈이 주먹만하게 크고 눈물이 글썽글썽한 퍼런 눈이 조그맣고 까만 사람의 눈이 되며 네 발 가진 짐승이 어떻게 사람이 될 수 있으며, 그것이 또 선생님이 될 수 있느냐?

여러분의 질문은 당연하다.

그러나 그렇게 눈을 부릅뜨고, 대들지만 말고 내 이야기를 자세히 들어 보라.

송아지가 사람이 될 수 있으며 그것이 더구나 글을 쓰는 그 자신이 될 수 있으며, 그의 형제가 될 수 있는 것이야 말로 '말을 누나나 꽃송이처럼 사랑하기 때문에 이루어지는 오묘한 비밀'이다.

이 비밀을 알게 되면 여러분은 동시가 무엇이며, 시가 무엇이며, 말을 어떻게 누나나 꽃송이처럼 사랑할 수 있음을 알게 되리라.

2. 「송아지」에 대하여

「송아지」라는 작품에 나오는 '송아지'는 사실은 '나'며 나의 아우들이라는 말을 앞에서 말했다.

어떻게 송아지가 '나'라는 사람이며 나의 아우일까? 그것을 설명하리라

나는 어릴 때 동물을 좋아했다, 개는 물론이고 돼지처럼 꿀꿀대기만 하는 못난 짐승도 가만히 들여다보면 못난 대로 귀여웠다.

얼굴이나 몸집에 비하면 엄청나게 작은 눈으로 힐끗이 나를 쳐다보는 돼지의 까만 눈도 바라보면 볼수록 금상 눈웃음이라도 칠 듯이 귀여웠다.

그뿐만 아니라, 새나 토끼나 무엇이든 동물이면 다 좋아했다. 그 중에서도 소를 좋아했다.

우리 집에서도 소를 먹이고, 온집안 사람들이 소중히 여기기 때문에 더욱 소를 좋아했는지 모른다. 아무리 큰 놈이라도 "이러!" 하면 슬그머니 따라나서는 순하디순한 누렁이 암소.

그 암소가 새끼를 낳았다. 암소가 새끼를 낳던 날

밤에 나는 잠을 통 못 잤다.

엄마소 뱃속에서 나오자마자 껑충 서는 새끼, 그 날 흰죽을 쑤어 내가 먹였다.

그 후로 송아지를 나는 각별히 사랑했다.

엄마소가 일을 가게 되면 짐바리를 싣고 집을 나가기 전에 "무우"하고 울었다.

그러면 송아지는 안뜰에서 꼴을 먹다 말고 엄마소 곁으로 내달아 갔다.

엄마소의 눈물이 글썽글썽한 퍼런 눈…… 엄마와 아기 사이의 사랑은 동물에서도 마찬가지였다.

귀나 코나 머리통의 생김 생김새가 그린 듯이 닮았다. 지금 생각하면 참으로 당연한 일이나, 어린 그때는 큰 수수께끼요, 또한 그만큼 내게도 새로운 발견이었다.

여러분, 이 '새로운 발견'이라는 말을 깊이 새겨 두시기 바란다.

그러다가 나는 중학교에 입학했다. 중학교는 고향에서 기차로 세 시간 반이나 걸리는 도회지에 있었다.

물론 레일이 좁다란 경편 철도로 세 시간 반이기는 하지만.

처음 객지에 나가 하숙을 하게 되니 부모님이 보고 싶고, 고향 산천이 몹시 그리웠다.

고향의 풀 냄새, 바람 냄새가 코로 맡는 듯 느껴지 곤 했다. 그런 어느 날 친구와 학교 뒷산으로 바람 쏘이러 나갔다.

뒷산에는 목장의 얼룩박이 젖소가 한가로이 풀을 뜯고 있었다. 그 젖소 중에는 송아지를 몰고 다니는 엄마소도 있었다.

젖소 송아지는, 엄마소를 꼬옥 그린 듯 닮았다.

고향 우리 집 누렁이와 그 새끼처럼, 나는 문득 가슴이 뛰도록 이상한 느낌에 마음이 울렁거림을 깨달았다.

―저것 봐, 우리 소처럼 엄마소와 새끼소가 꼭 닮았네.

―엄마와 새끼는 다 닮나 보다.

―엄마와 애기는 왜 닮을까?

이런 생각과 더불어 불현듯 고향에 계시는 어머니가 몹시 그리워졌다.

그리고 손으로 내 얼굴을 슬슬 문질러 보았다. 손으로 문지르는 내 얼굴에서 나는 엄마 얼굴을 문지르는 듯한 느낌이 들었다.

그날 돌아와서 쓴 것이 「송아지」라는 노래였다.

참, 평범한 이야기지. 여러분이 동시를 쓸 때와 다른 점이 있을까? 있다면 내가 우리 어머니를 그리워하고 고향 산천을 그리워한 심정이 여러분과 다를 테지.

그러나 이것은 이 동시에 가장 중요한 문제다. 부모와 고향 산천을 몹시 그리워한 심정 때문에 나는 학교 뒷산에서 보게 된 젖소의 엄마와 젖소의 새끼에서 우리 엄마와 나를 느꼈던 것이다.

만일 내가 멀리 고향을 떠나 있어 부모님과 고향이 그립지 않았더라면 이 젖소에서 어머니를 느끼지 못했을 것이며, 송아지에서 내가 나를 느끼지 못했으리라,

고향을 그리워하는 애절한 그리움은 시가 우러나는 근원이다.

이 이야기는 다음 장에서 자세히 하기로 하고.

어떻든 그날 밤 내가 하숙으로 돌아와서 "송아지 송아지 얼룩송아지……" 하고, 「송아지」의 노래를 쓸 때, 나는 그것이 '어머니를 그리워하는 나 자신'

이라 하였다.

또한 엄마소 뒤만 졸졸 따라다니는 송아지의 모습에서 나 자신을 느낀 것이다.

―그 송아지의 눈은 어머니를 사모하는 그리움에 젖은 내 눈이다.

―엄마를 닮은 희고 검은 얼룩 귀 그것은 이슬을 머금은 이른아침 콩잎처럼 귀여웠다. 그 귀야 말로 엄마의 아들임을 증명하는―무엇이랄까 말로써 나타낼 수 없을 만큼 크나큰 하느님의 은혜 같았다.

내가 엄마를 닮은 것의 그 자랑스러움, 그 은혜로움을 나는 그 송아지의 귀에서 발견했다. 그것은 또한 내 귀 같았다.

송아지가 바로 '나' 이다. 그래서 '송아지 송아지' 는 '내가, 내가' 의 뜻이며, 송아지에서 나를 발견했다.

털이 포슬포슬한 송아지는 송아지가 아니고 엄마의 아들인 '나' 라는 소년으로 화해 버린 것이다.

이것이다. 우리가 동시를 쓸 때.

―혹은 시를 쓸 때, '연장을 쓰듯한 말' 로서는 이

루어지지 않는 것이다. 연장을 쓰듯한 말로서는 송
아지는 어디까지나 송아지에 그친다.

그러나 말을 사랑할 때—가령 '여러분'이라는 한
개의 낱말이 무수한 그리운 얼굴과 친구를 간직하듯
그 '말이 간직한 세계'가 넓어진다.

우리가 시를 쓴다는 것은 이 한 개의 말 안에 갇혀
있는 그 '말의 세계'를 풀어 주고, 그 '말의 세계'와
다른 '말의 세계'를 잘 어울리게 하는 것이다.

이야기가 좀 어려워졌다. 다시 보기를 들어 풀이
하자.

물 한 모금
입에 물고
하늘 한 번
쳐다보고

또 한 모금
입에 물고
구름 한번
쳐다보고

강소천(姜小泉) 선생이 지은 「닭」이라는 동시다.
만일 이 노래를 '연장을 다루듯한 말'로 이 시를 풀
이한다면 우리는 이 노래에서 무엇을 느끼겠는가?

　　—닭이 물을 먹을 때, 고개를 젖혀가며 먹는 게로
군.
　그렇다. 그것뿐이다. 그러나 우리가 '누나나 꽃을
사랑하듯한 말'로서 이 시를 보면은 닭들이 물을 한
모금씩 머금고 고개를 젖혀서 하늘과 구름을 쳐다보
는 그 동작을 나타낸,

　　—하늘 한 번
　쳐다보고
　　—구름 한 번
　쳐다보고

　하는 이 말귀에서 실로 엄청난 것을 발견하리라.
　닭들의 이 동작이야 말로 어린 우리가 학교 마당

같은 데서, 어느 봄날에 문득 아득하게 푸른 하늘에 홀려, 멍하니 쳐다보던 여러분 자신들일지 모른다.

　―하늘에 홀려 하늘을 쳐다보는 것, 이 말의 뜻을 여러분은 짐작하겠는가? 이 말의 아름다움을 여러분은 알겠는가?

　그럼 '누나나 꽃송이를 사랑하듯 사랑으로 대하는 말'이란 무엇인가?

　여러분은 물으리라. 왜냐하면 위에서 내가 설명한 것이 좀 지나치게 어려웠기 때문에.

　그래서 쉽게 가르쳐 주리라.

　가령 '꽃'이라는 말에서는 말만 있고, 꽃송이를 느끼지 못한다면 그것은 연장을 다루듯 말을 대하는 것이다. '꽃'이라는 말을 시에 쓰거든

　―바람에 가늘은 고개를 갸우뚱거리는 꽃송이를 실지로 느껴야 한다.

　만일 느끼지 못하면 그것은 '죽은' 말[言語]이다. 마치 '여러분'이라는 낱말에 내가 온갖 사람을 느끼듯이

　'새'하면

　―구름 송이 사이로 까맣게 잠기며 뜨며 나는 새

를.

—바닷가 퍼런 물결 위로 눈빛보다 하얀 날개를 쭉 펴고 나는 갈매기를, 갈매기의 분홍 발목을.

—눈 오는 어느 날 해질 무렵에 지붕으로 찾아드는 산새들의 불안스러운 눈매를.

—겨울의 거센 바람을 거슬러 낮게 나는 까마귀들의 늠름한 모습을, 눈초리를, 굳센 마음을.

혹은……

또는……

여러분이 시에서 담으려는, 나타내려는 것들의 모습을, 마을을, 말만이 아닌, 실지의 것을 그 말에서 느껴야 하고, 보아야 하고 가져야 한다.

이것이 시를 쓰는 데 가장 중요하다.

다음에는, 한 개의 말. 한마디의 말(글) 안에는 그만큼의 실지의 알맹이가 다 들어 있어야 한다.

옥수수자루처럼 껍데기를 벗기면 옥수수의 또렷한 알맹이가 열을 지어 있듯이.

이 이야기는 좀 어려웠을 게다. 다음에 실지로 보기를 들어 자세히 풀이하리라.

3. 알맹이가 있는 말

우리는 한마디의 말이나 한줄의 글일지라도 참된
자기의 느낌이 깃들어 있는 것이 아니면 시를 이룩
할 수 없는 것이라고 전에 말했다. 즉, 알맹이가 있
는 말을 쓰자고 했다. 그럼 알맹이가 있는 말과 없는
말이 어떻게 다른가? 어떻게 분별할 수가 있을까?

별 총총 밤하늘
푸른 밤하늘
선녀들이 기르는
꽃밭인가요.
푸른 하늘 은하수
맑은 물에다
정성들여 가꾸는
꽃밭인가요.

별 총총 은하수
푸른 물결은

선녀들이 목욕하는

호수인가요.

꽃밭에다 물대주고

은가루 발라주며

정성들여 가꾸는

꽃밭인가요.

「별 총총」 조석우

이 노래는 경상도에서도 깊은 두메인 경북 영양군 일월초등학교 4학년생인 조석우 군이 지은 것이다. 얼른 보면 굉장한 내용이 있을 것 같다. 꽃밭이 나오고, 선녀가 나오고, 선녀가 목욕하는 은하수가 나오고…… 그러나 조 군이 지은 다음 노래와 비교해 보라.

눈온 아침

학교 가는 길에

보두둑 보두둑

보두둑 보두둑

발자국이 가만히

내 뒤를 쫓아온다.

　'밤하늘'을 노래한 작품은 말만 수다스러웠지, 실감이 나지 않는다. 만일 '별이 총총한 밤하늘이 선녀가 기르는 꽃밭' 같은 실감을 조 군이 한오리라도 지녔다면—그 황홀한 꿈을 걸고 "선녀들이 기르는 꽃밭인가요" 하고 간단히 표현해 버리지 않았으리라.

　눈을 감고, 여러분도 선녀라는 것을 그려보자,

　—별빛으로 반쯤 은은하게 환한 아름다운 이마를.

　—이마 아래 다소곳한 눈썹을.

　—눈썹 아래 산골의 샘물같이 맑은 눈을, 코를, 입을, 또

　—꽃 포기마다 물을 주는 희고 부드러운 손을 그긴 손가락 한 개 한 개를.

　—달빛 같은 흰 옷 자락을, 옷 자락의 구김살 한 개 한 개를, 또한 그 조심스러운 걸음걸이를, 그리고

　—아아 하늘의, 하늘 같은 별나라의 아득한 아득한 꽃밭을……

　이렇게 황홀하고 풍성한 꿈을 어떻게 '별 총총 밤하늘은 선녀들이 기르는 꽃밭인가요' 하고, 노래해

버릴 수 있느냐 말이다. 이것은 말 한마디 한마디 참된 꿈을 담지 않은 증거다. 알맹이가 없이 다만 겉치레만 한 말들이다.

　이런 노래가 얼마나 잡지에, 신문 지상에 많이 발표되어 있는 것이냐. 이것은 시가 아니다. 그러나 조 군의 「눈길」은 사뭇 다르다. 눈 온 이른아침에 새하얀 눈길을 밟고 학교로 가노라니 발 아래 눈이 밟히는 소리가 보두둑 보두둑 났다. 참 신나고도 이상스러운 소리—윤석중 선생의 노래 중에 눈이 밟히는 소리를 노래한 아주 훌륭한 작품이 있지만.

　그래서 문득 뒤를 돌아보니 자기가 밟고 온 눈 위에 한 줄기 발자국이 자기 뒤를 '쫓아오듯' 나 있는 것을 발견했다. 그때의 놀라움, '쫓아온다'는 말이 지닌 이 신선한 느낌, 실감이 난다. 새하얀 눈 위에 말로서 나타낼 수 없을 만큼 깨끗한 아름다움이 가득히 고인 발자국과 그 발자국이 이룩한 한 줄기 모양에 그 시를 읽는 우리들(독자들) 마음에 이상하게 거룩한 꿈과 느낌을 부어 준다.

　얼마나 「별 총총」과 「눈길」이 다른 것인가?

　한 개만 보기를 더 들면,

우리 집 해바라기

아침이 되면

햇님따라 빵긋빵긋

나더러 빵긋

학교 가는

우리들 내려다보고

울 너머로

멀리 멀리 바래다 주네

「해바라기」일절, 유대건

　　나는 이 시를 흠이 있는 데도 좋아한다. 흠이란 둘
째 절이 필요없으리라 싶어 내게는 거슬리는 구절이
기 때문이다. 더구나 '해바라기가 빵긋빵긋' 웃을 리
가 없다. '온통 얼굴이 되어' 웃는 그 큰 꽃방울이
'빵긋빵긋'일까보냐. '벙긋벙긋'으로도 모자랄 것을
그러나 그런 대로 학교 가는 우리들을 해바라기가

울 너머로

멀리 멀리 바래(다)주네.

이 끝 구절은 참으로 아름다웠다.

—어릴 적에 내가 골목 저 끝으로 사라질 때까지 늘 문앞에 서서 지켜보고 계시던 어머니의 모습을 환한 웃음을.

—고개를 갸웃이 한 옆으로 젖히는 버릇이 계시는 고모를, 그 고모가 밭일 가면서 뒤돌아보던 모습을 '곧 다녀올께, 혼자 놀아.' 하시던 목소리를.

—이층에서 내려다보시던 목사님의 모습을, 세례 받은 날 밤의 내가 드린 기도를, 그날 밤의 꿈을,

—목만 길다란 친구를, 그 친구와 헤어지던 날의 촌 정거장을.

......

이런 다정하고 잊혀지지 않는 모습을 나는 "울 너머로 멀리 멀리 바래다주는" 해바라기의 모습에서 느낄 수 있는 것이다. 그래서 그것은 '해바라기의 모습'만이 아닌 다정하고 친절하고 그리고 서러운 꿈으로 얽힌 무수한 모습이 되는 것이다.

이제 '아름다운 마음·아름다운 말'에 대한 마지막 당부를 여러분께 드려야겠다. 만일 여러분이 시를 지어 보려는 생각이 있다면,

첫째 시는 꾸미는 일이 아니라는 것, 참으로 자기가 느끼고 깨친 것을 노래해야 한다는 사실을 절실히 알아야 한다.

—학교에서 친구들과 생활하는 동안에 어느 친구에 대한 다정한 느낌, 혹은 학교에서 겪은 일로 말미암아 가슴에 고이는 생각, 쉬는 시간을 기다리는 안타까움, 노는 시간의 즐거움. 빛나는 햇빛. 넓은 마당, 부는 바람결, 바람결에 날리는 친구의 머리칼 등등 얼마든지 여러분 생활 속에 깃든 '자기의 슬픔' '자기의 기쁨' '자기의 꿈' '자기의 소망' '자기의 깨달음'…… 그런 것들을 시라는 글로 옮겨 놓는 사실로서 자기의 느낌을 한결 넉넉하게 할 수 있고, 자기의 꿈을 풍성하게 할 수 있으며, 자기의 소망을 아름답게 높일 수 있는 것이다. 그렇다. 그것이 시에 담겨진 아름다운 마음이다.

시를 왜 쓰느냐?

하는 질문에 대답은 간단하다.

아름다운 마음이 시를 씀으로 해서 더욱 넉넉하게 가슴에 고이기 때문에, 그러므로 시는 꾸며내는 것이 아니라 자기의 절실한 생각, 느낌, 소망, 꿈, 슬픔을 담는 일이다.

둘째, 꾸며 대는 것이 아니고 자기의 절실한 느낌, 생각을 담은 것인 만큼 그 아름다운 마음을 담겨지게 하는 것이 가장 아름다운 말이다.

한 송이 꽃에서, 한 가지 일에서 겪는 그 느낌이나 생각은 사람마다 다른 것이다. 자기만의 절실한 느낌이 드러나도록 나타낼 수 있는 것―그것이 시에서 가장 큰 사업이다.

'알맹이가 있는 말'을 쓰자는 것도 자기만의 절실한 생각과 느낌이 깃든 글을 쓰자는 것이다.

오색 꿈나라를 떠나, 오늘도 하루의 시작을 맞게 되었다. 뒷창문에 새날이 밝아오고 앞마당 닭소리 우렁차게 고요한 새벽 하늘에 퍼진다. 시골의 맑은 공기를 맛보며 나는 냇물을 찾아간다. 세수터 냇물 앞에는 삼백 년 동안 깊은 전설과 신화를 간직한 채 오랜 역사를 지닌 숲이 있다.

큰 노송나무 잎에는 햇빛이 반사되어 금빛 줄이 잇따르고 산새가 지저귄다.

조석우 군이 그의 동시집 뒷장에 쓴 후기의 일절이다. 얼마나 근사한 말들이 많으냐. "오색 꿈나라" "뒷창문에 새날이 밝아오고 앞마당에 닭소리 우렁찬" "삼백 년 동안 깊은 전설과 신화를 간직한" 등, 그러나 이런 글에는 말만 아름답고 알맹이가 없다. 여러분이 시를 쓰려고 붓을 잡을 때 말만 꾸며대려고 애를 쓰지 않고 자기의 느낌을 소중히 담으려는 마음만 간직한다면 시는 절로 여러분 가슴속에서 우러나 붓 끝으로 새어나올 것이다. 시가 쓰기 어려운 것이라 여긴다면 그것은 말을 꾸며대는 일이라 생각하기 때문이다. 시야 말로 우리들의 마음속에 언제나 샘솟듯 우러나고 솟아나서, 사심(邪心)없이 붓만 잡으면 절로 붓 끝으로 흘러나오는 것이다.

4. 표현에 대하여

　표현(表現)이라 함은 자기의 생각이나 느낌을 나타
내는 일이다. 이번에는 표현에 대해서 설명하리라.

　우리는 흔히
　—꽃은 아름답다.
　—흰 눈은 깨끗하다.
　하고 꽃이나 눈을 볼 때 느낌이 일어난다. 그러나
보통 사람들은 그 느낌을 좀 더 자세히 생각하고 살
피려 하지 않고, 그냥 지나쳐 버린다. 그래서 좋은
글이나 시를 쓸 수 없다. 왜냐하면 글이나 시는 그런
느낌을 살피는 일이며 그래서 그것을 글로서 표현하
므로 보다 넉넉하게 가슴에 모으는 일이기 때문이
다.
　—새빨간 꽃은 아름답다.
　—새하얀 눈이 깨끗하다.
　아까보다는 좀 더 꽃과 눈에 대한 느낌이 자세하게
나타났다. 꽃이나 눈에 빛깔을 주어 '새빨갛다' '새

하얗다'라고 표현하므로 꽃이나 눈이 더 자세하게 느껴지기 때문이다. 그러나 이것으로 흡족하게 표현된 것이 아니다.

새빨간 꽃이면 다 아름다운 것도, 새하얀 눈이면 다 깨끗한 것도 아니기 때문이다.

—파란 잎새 사이로 쬐그만 얼굴을 갸웃이 내민 새빨간 장미꽃송이가 바람이 불 적마다, 간들간들 고갯짓을 하는 모양이 귀엽다.

—밤 동안에 지붕에 쌓인 눈이 아침 햇살에 빛나는 것이 깨끗하다.

새빨간 꽃송이의 아름답고 귀여운 모습과 흰 눈의 깨끗한 것이 더 확실히 표현되었다. 이렇게 사물을 자세하게 살피는 것은 동시뿐만 아니라 작문을 짓는 데도 중요하다. 이런 것을 구체적으로 표현한다고 말한다.

좋은 시나. 좋은 작문을 쓰려면 풍경이든 생각이든 느낌이든 구체적으로 생각하고 바라보는 눈을 기르자—라는 말을 명심하라.

무엇을 바라보는 눈—이것은 너무나 글을 쓰고 시를 짓는 데 중요한 구실을 한다.

과학자라면 장미꽃 한 송이를 바라볼 때 과학자다운 눈으로 바라보고, 종교가라면 종교가다운 눈으로, 그리고 시를 쓰는 사람은 시인다운 눈으로, 또 선하고 아름다운 생각을 지닌 사람은 선하고 아름다운 눈으로, 악한 자는 악한 눈으로 바라보게 된다.

　눈이 곧 우리들의 마음이오, 그 마음의 창(窓)이기 때문이다.

　—파란 잎새 사이로 쬐그만 얼굴을 갸웃이 내민 장미꽃송이가 바람이 불 적마다 고개를 건들거린다.

　아마, 내게 아침 인사를 하나보다.

　혹은,

　—내 생일 축하의 눈짓을 하나보다.

　—간밤에 재미난 꿈을 꾸었나 보다 그래서 혼자 미소를 띠며 간들거리며 흥이 나서 고갯짓을 하는구나.

　이것은 동시를 쓰려는 아름다운 생각을 지닌 사람의 눈에 비친 '시인다운 눈'이 바라본 장미꽃송이다.

　—지붕에 소복이 쌓인 간밤에 온 눈, 햇살이 비치자 그곳에만 환한 등불을 켠 것처럼 이상하게 빛난다.

—아마, 안데르센 나라에서 빌려온 등불에 불을 밝혔나보다.

　—선녀들의 하얀 발목처럼 깨끗하다.

　꽃은 아름답다, 흰 눈은 깨끗하다라는 느낌이 얼마나 구체적으로 또한 다채롭게 피어난 것일까.

　그러므로 여러분이 시를 쓰려면 어떤 사물—눈에 비치는 것이나, 가슴속에 떠오른 생각이나 느낌을 구체적으로 바라보아야 하는 동시에 '시인다운 눈'으로 바라보아야 할 것이다. 위에서도 설명한 것처럼 시인다운 눈은 시인다운 생각을 지녔다는 뜻이다. 그 말이 어려우면 '시인다운 꿈을 간직한 눈'이라 해도 좋을 것이다.

　　　딸기밭을 뒤지자.
　　　하얀 달밤

　　　딸기 잎새는
　　　반쯤 안개에 풀려버리고
　　　반쯤 달빛에 빛나는데

딸기 잎새는

반쯤 이슬에 빛나고

반쯤 그늘에 어둑한데

아아 요기 있군

딸기 한 놈이

잎새 뒤에 살며시 숨어서

갸름한 얼굴을

쏙

내밀었구나.

「밤 바람」 박목월

이 시의 제목이 무얼까?

딸기—

아냐.

—달밤.

그것도 아냐.

—숨바꼭질

근사하다. 그러나 그것도 아니지. 사실은 제목이

「밤 바람」이다. 밤 바람이 하얀 달밤에 딸기 잎새를 가만가만 뒤지며 딸기를 찾는 것이다.

　―아기들은 다 잠이 든 밤에.

　―골목 안이 조용하고

　―잎새들도 반쯤 잠이 든 밤에.

　그러나 내가 이 시의 제목을 '밤 바람'이라 붙인 것은 그런 동화 같은 꿈나라의 환상으로서가 아니다. 실은 조용한 밤에 글을 쓰다가 문득 뜰로 내려가 딸기 밭을 뒤지니, 나 자신이 '밤 바람' 같은 느낌이 들었기 때문이다. 아니, 밤 바람이 나 같은 느낌이 들었다 해도 좋으리라. 내가 밤 바람이 되고, 밤 바람이 내가 되는 이 이상하게 황홀한 세계.

　그래서,

　―잎새 뒤에 살며시 숨어서

　갸름한 얼굴을 쏙 내미는

　한 꼬투리의 딸기는 우리 아기 같았다. 술래잡기를 하다 말고, 광 구석에 얼굴을 쏙 내밀며 웃는 우리 아기, 그 넓적한 두 개의 앞이빨.

이야기가 엇길로 흘러버렸다. 여러분도 위에서 예로 든 시를 읽는 동안에 '시인의 눈'이 어떤 것임을 짐작했으리라 '시인의 눈'을 가지자는 것은—느낌을 넉넉하게 받아들일 수 있는 사람이 되자는 뜻이다.

—그 느낌을 넉넉하게 펼 수 있는 꿈(상상력)을 가져야 한다는 뜻이다.

그렇다. 꿈을 편다는 것이 또 하나 시를 쓰는 데 중요한 일이다.

할아버지

안경에는

동그라미가 둘

한 개는

큰 동그라미

한 개는

작은 동그라미

먼 곳을 보실 때는

큰 동그라미로 보시고

신문을 보실 때는

작은 동그라미로 보셔요.

「할아버지 안경」 피윤종

얼마 전 『새벗』에 실린 피윤종 군의 「할아버지 안경」이라는 동시다. 그러나 이 작품은 끝 절을 어떻게 맺고 있는지 아셔요?

큰 동그라미는

할아버지가 하시고

작은 동그라미는

나를 주었으면.

그 동그라미 한 개를 자기에게 달라는 소리이다. 겨우 피 군은 '무엇을 갖고 싶은 생각' 뿐이란 말이지. 사실 할아버지가 안경을 쓰시고 큰 동그라미로 먼 곳을 보실 때는

─할아버지가 들려주시던 옛날 얘기에 나오는 그 멀고 먼 이상한 나라를 바라보실지 누가 알아.

─그 나라에 뜨는 오색 수실로 치레한 햇님. 그 햇

님의 이상하게 빛나는 빛, 그 빛 아래 여기와는 사뭇 다른 초목과 짐승들. 그들의 노래. 그들의 생김새.

(사실이에요, 여러분이 할아버지 안경을 빌려 써 보셔요, 조그마한 활자가 주먹처럼 굵게 보이지요.)

—그 활자의 이상한 자라남[成長], 할아버지 안경으로 볼 때 갑자기 자라난 활자 속에 간직된 그 글 뜻의 이상한 풀이.

그 수상하고 이상한 나라를 여러분은 몽땅 갖고 싶지 않느냐? 그것은 어려운 일이 아니다. 만일 여러분이 '시인다운 눈'을 가지게 된다면, 그런 것은 하루 아침에 여러분이 다스리는 나라가 될 수 있고, 여러분은 그 나라의 주인공이 되는 것이다.

이렇게 꿈을 넓게 펴는 것을

① 느낌을 넉넉하게 한다.

② 시적인 세계가 풍부하다.

③ 생각을 넓힌다.

라는 뜻이 된다. 참으로 여러분이 어떤 사물에서 느낀 그 느낌을 바탕으로 해서, 아무런 구속(억눌림)을 받지 않고, 자유스럽게 꿈의 날개를 펴 보라.

그래서 그것을 '얌전하게 글을 만들어 보겠다'는

생각을 버리고—글의 처음[序頭]을 어떻게 잡아야 한다, 끝은 어떻게 맺어야 한다, 그 따위 케케묵은 생각을 버리고—쓸 수 있는 데까지 종이 위에 기록하라. 그것이 시의 오묘한 나라로 들어가기 위한 가장 큰일(사업)이다.

그렇게 벌려 놓은 것을 어떻게 다듬어야 하는가? 그것은 다음에 다시 이야기하기로 하지.

5. 덜어서 줄이는 것

여러분이 어떤 사물에서 느낀 그 느낌을 바탕으로 해서 아무런 구속을 받지 않고 자유스럽게 꿈의 날개를 펴 보라. 그래서 쓸 수 있는 데까지 종이 위에 기록하라. 그것이 시의 오묘한 나라로 들어가기 위한 가장 큰일이라고 위에서 말했다.

이렇게 벌려 놓은 것을 어떻게 다듬을까?

이번에 얘기하고 싶은 문제이다.

벌려서 펼쳐 놓은 것을 다듬는 일을 생략(省略)이라고 한다. 생략이라는 말의 뜻은 '덜어서 줄인다' 는 뜻이다.

우선 몇 개 보기를 들어서 생략을 베풀어 보자 어떻게 글이 달라지나

임마, 너는 모른다. 넌 모른다. 나만 아는,
—텃밭 네 귀의 새까만 비밀

어림없다. 어림없어.
안 가르쳐 주지
나만 아는
—텃밭, 네 귀에 내가 심은 콩.

임마, 너는 모른다. 넌 모른다.
나만 아는.
—꼬리만 까불대는 물새집.

어림없다. 어림없어. 안 대준다.
나만 아는.

―꿀이 소복한 구멍 벌집.

임마, 졸라대두 졸라대두
소용없다.
나만 아는.
내 호주머니 속 새까만 비밀

어림없다. 어림없어.
나만 아는.
―호주머니 속에 밤 세 톨.

「나만 아는」 박목월

　이것은 필자가 쓴 「나만 아는」이라는 작품이다. 어
릴 때, '호주머니'라는 것은 나의 꿈과 비밀이 소복
한 꿈의 나라 같은 것. 하루는 어릴 때 그 호주머니
가 그리웠다. 이제 내 호주머니에는 월급날에는 월
급봉투, 그렇지 않는 날에는 '아무런 즐거움도 없이,
번거롭기만한 사무 쪽지'만 가득하다. 그러나 어릴
때 내 호주머니는 심심한 날 뒤지기만 하면 엉뚱한
것들이 차례로 나왔다. 그 반질하고 새하얀 사금파

리, 매끈한 차돌, 영 생각하지도 않던 지난 여름에 주워 넣은 아름다운 새 구슬, 때로는 놀랍게도 알밤—

어릴 적이 그리워 동저고리 안섶에 큼직하게 달아 둔 호주머니 생각이 났고, 그 호주머니에 알밤이라도 몇 개 넣었을 때의 그 호기롭고 자랑스럽던 일들이 기억되었다.

—나만 아는,

얼마나 자랑스럽고, 신비스러운 말인가. 그것을 써 본 것이 「나만 아는」이라는 위에 든 작품.

처음 쓴 것은 이렇다.

① 찬돌이라는 그 친구의 버짐이 난 얼굴, 뾰족한 턱, 그 아우 복돌이의 불그레한 볼, 눈웃음치는 귀여운 얼굴,

② 날마다 모여 놀았다. 비오는 날은 우리 집 처마 밑에서, 날이 개인 날은 골목길에서, 개울가에서 개울가에 꼬리만 까불어대던 물새, 물새의 진옥색 몸매, 총알처럼 날던 맵시,

③ '양감'이라는 고개 너머 있던 구멍 벌집, 구멍 벌집에 짚불을 놓고 달아나던 일, 벌이 옮겨간 후의

꿀이 소복한 꿀집, 풀 내가 나는 꿀맛, 그날에 빛나던 잎새, 잎새 사이의 새파란 햇빛.

④ 밤을 주워온 밤 숲, 찬돌이와 밤 숲에서 싸운 일, 복돌이의 울음 소리

⑤ —임마.

—왜?

—임마, 호주머니에 든 게 뭐지?

—뭐면 뭣해, 줄까 싶어서?

—아냐, 그냥 물어봤지.

찬돌이의 목소리가 쟁쟁하다.

⑥ 호주머니에 밤이나 대추를 넣고 나갈 때의 그 자랑스럽던 일.

—임마,(임마라는 상말이 왜 이처럼 다정하게 귀에 남았을까?)

—왜?

—주머니에 든 게 뭐지?

—뭐면 뭣해, 안 가르쳐 줘.

—딱지 줄께.

—어림없어.

—구슬 한 개 주지.

—어림없어.

　—피이.

　—뭐가, 피이야.

　이것을 '찬돌이'와 내가 주고받은 대화로 쓰려다가 나 혼자의 '자랑하는 말'로 기록한 것이 위에서 예로 든 「나만 아는」이라는 동시다. '나만 아는' 어린 시절의 그 어줍잖은 비밀이 무슨 중대한 비밀처럼 여겨지던 것이야 말로 어린 시절의 생활이 그 만큼 풍부한 꿈속에 산 증거일 것이다.

　—어린 시절의 꿈이 무성한 그날을 노래해 보자

　이것이 「나만 아는」이라는 작품을 쓰게 된 나의 뜻[主題]이다. 그 뜻을 나 혼자의 친구에게 뻐기던 말투로 써 보리라는 것이 그 뜻을 나타내는 내가 꾀한 형식이다.

　이 뜻과 나타내려는 형식에따라. 내 뜻에 생략을 베풀고 무성한 꿈 그대로의 내가 적어둔 것에서 덜어내고 줄이는 것이 「나만 아는」이라는 작품이다.

　첫 번치와 둘째 번치를 여러분이 대조해 보라. 어떻게 달라진 것인가. 생략을 베풀 때.

① 가장 그 뜻을 생생하게 나타낼 수 있는 가장 요긴한 것만 골라 본다.

② 그 외의 것은 좀 아까운 생각이 드는 것이라도 싹둑 잘라버린다.

그러므로 생략을 요령 있게 베푼 글이 된다.

물론 생략이라는 것은 느낌을 펼 줄 아는 사람이 펼 대로 펴놓고, 연후에 이루어지는 것이다.

이 생략이라는 것은 우리가 시상(詩想)을 다듬는 것이나 표현하는 것에 가장 바탕이 되는 것이다. 생략을 이룰 줄 모르는 사람은

① 사물의 올바른 특징을 못 잡는다.

② 표현이 중언부언하게 된다.

③ 글이 지루해진다.

다음은 글을 표현할 때 생략이 얼마나 필요한가 예를 들어 설명하리라.

벽에다가 걸어 논

내 사진은요

무용 옷을 입고

뻐긴답니다.

유치원 대표로 무용을 할 때

아빠가 찍어 주신

사진입니다.

무용 옷을 입고 있는

유치원 때 사진이

나는 나는 제일

귀엽습니다.

「사진」 신용숙

   신용숙 양이 지은 「사진」이라는 작품이다. 이 작품을 두고,

벽에(다가) 걸어 논

(내) 사진은요

무용 옷(을) 입고

뻐긴답니다.

유치원 대표로
무용(을) 할 때
아빠가 찍어 주신
사진입니다.

무용 옷을 입(고 있는)은
유치원 때 사진이
나는 나는 제일
귀엽습니다.

괄호 안의 말을 빼면 이 노래가 어떻게 달라질까?
또

둘째 언니가
공들여 만든 책상보엔
주렁주렁 포도가
열렸습니다.

심술쟁이 내 동생이
장난하다가

잉크를 쏟아놓고

매를 맞았습니다.

잉크는 쏟아져서

그림이 되었습니다.

무서운 무서운

호랑이 그림이 되었습니다.

라는 작품을 윤석중 선생은 다음같이 말했다.

　내 동생 위에 "심술쟁이"는 빼더라도 한 짓을 보아 장
난꾸러기임이 드러난다. 잉크를 "쏟아놓고"는 "엎지르고"
라고 하는 것이 좋겠다. "그림이 되었습니다. 무서운 무서
운" 이런 군더더기는 다 지워버리고, "잉크는 쏟아져서 호
랑이 모양이 되었습니다."

로 그만이다 라고.

다시 옮겨보자

　둘째 언니가

공들여 만든 책상보엔

주렁주렁 포도가

달렸습니다.

내 동생이

장난하다가

잉크를 엎지르고

매를 맞았습니다.

잉크는 쏟아져서

호랑이 모양이 되었습니다.

전번 치보다. '덜어서 줄인' 작품이 뜻이 선명하다.

그렇다면 「사진」이라는 작품도 다시 줄여 보자.

벽에 걸어 논

사진은요

무용 옷 입고

뻐긴답니다.

유치원 대표로

무용할 때

아빠가 찍어 주신

사진입니다.

그 사진이

나는 나는 제일

귀엽습니다.

　라고 줄여 보면 어떨까? 그러나 글에서 '덜고 줄이
는 것'만이 좋은 방법이 아니다. 줄여서 다시 펼 줄
알아야 한다. 줄여서 펴는 것이란 무엇일까?

6. 리듬

　생략이 시를 빚는 바탕이 되는 것이라 함을 전에
설명했다. 우리들의 생각이나 그것은 나타내기 위하

여 말을 다듬는 바탕이 생략이라는 뜻이다. 생략을 베풂으로 표현이 깔끔해지고, 뜻이 두드러지는 것, 그러므로 글은 다듬는 데 생략이 중요한 구실을 하는 것은 사실이다. 그러나 여러분은 글을 다듬는 데 지나치게 신경을 쓸 필요가 없으리라. 왜냐하면, 글을 깔끔하게 다듬으려고 과하게 노력해버리면 뜻만이 앙상하게 남고, 느낌을 죽여 버리기가 쉽기 때문이다.

어떻게 해서 느낌을 죽이지 않고 글이 깔끔해질 수 있느냐 이것이 중요한 일이다. 참으로 여러분의 글 가운데 작문과 동시를 구별할 수 있는 유일한 길은 바로 이것이다. 작문은 뜻이 또렷해야 하는 글이며 동시는 느낌이 느낌으로서 나타나야 하는 길이다.

그러므로 동시에서 가장 중요한 것은 느낌을 느낌으로서 나타내는 일이다.

> 새싹은 새싹은
> 홍초 새싹은
> 하루에 한번씩
> 꼭꼭 큽니다.
>
> 「홍초새싹」

여러분의 친구가 지은 글이다. 이 동시의 뜻은 홍초 새싹이 날마다 큰다는 의미다. 그러나 이 「홍초 새싹」이라는 동시를 읽으면 그 뜻 이외엔 또 무엇이 있는 것 같다.

홍초에 대한 따뜻한 사랑.

날마다 자라나는 홍초에 대한 감탄.

자라나는 것에 대한 이상한 감동.

그 반가움.

그런 것이 느껴진다. 이런 느낌은 「홍초 새싹」이라는 작품이 지니는 '의미'에서 빚어지는 것이 아니다. 그럼 어디서 빚어지는 것일까?

새싹은 새싹은

홍초 새싹은

이라는 구절을 생각하며 읽어보라. 문제는 여기에 있는 것이다. 만일. 이 구절 중에서 '새싹은'이라는 한 구절을 없애고,

새싹은

홍초 새싹은

　이라면 그 느낌이 사뭇 달라질 것이다. 이것은 뜻
이 달라진 것이 아니다. 느낌이 달라지는 것이다. 그
러므로 "새싹은 새싹은 홍초 새싹은……" 하고 '새
싹은' 이라는 대목을 되풀이됨으로, 우리들의 느낌이
크게 굽이치고 굽도는 듯한 무엇을 느끼게 한다.
　이것은 '글을 멋있게 다듬는 일' 이 아니고, 여러분은
느낌을 느낌으로서 표현하는 일이다. 이것을 시에서
리듬이라 한다. 여러분은 흔히 이런 문제를 '글을 다듬
는 일' 이라고 간단히 생각해 버리기 쉽다. 그러나 그것
은 어림없는 생각들이다. '글을 다듬는 것' 이상의
일—즉, 여러분의 느낌을 느낌으로 표현하는 일이다.

새싹은, 새싹은 새싹은

홍초 새싹은

혹은

새싹은 새싹은

홍초새싹은

홍초새싹은

하고 표현하게 되면, 그것이 어떻게 다른 것일까 생각해 보자

'리듬'이라는 것이 무엇일까 나는 쉽게 이야기해서 말을 통하여 나타나는 마음의 흐름이라고 할 수 있다. 물론 그것만이 아니요, 보다 여러 가지 복잡한 것이 깃들어 있기는 하지만 여러분이 알기 쉽게 설명하기 위해서, 마음의 흐름이라고 지적해 본 것이다.

가령 여러분이 조용한 마음으로 이야기를 하게 되면, 절로 말소리가 잔잔한 것은 생각이 잔잔한 것이요, 또한 느낌이 잔잔한 것이다. 그러므로 숨결도 잔잔해진다. 그 잔잔한 숨결이 잔잔한 말소리를 빚게 되고, 잔잔한 말소리가 잔잔한 생각을 실어온다. 그 조용한 마음의 잔잔한 느낌이 글로서 표현될 때, 그 말(글)에는 잔잔한 마음의 흐름(가락)이 빚어지게 마련이다. 이 잔잔한 마음의 흐름이 잔잔한 리듬을 이루는 것이다.

그러나 여러분이 무엇에 몹시 골이 났을 경우에 입 밖으로 튀어나오는 말은 거칠고 사납다. 뜻만이 거칠고 사나운 것이 아니라, 말소리조차 거칠고 사나워지게 된다. 그것을 글로서 표현하면 그 글에도 우락부락하고 탁탁 불거지고 거칠고 사나운 리듬이 이루어져 있어야 할 것이다.

새싹은, 새싹은 새싹은

홍초 새싹은

하고 표현되었다면, 그 구절에는 '다급하게 안타까운 느낌'이 깃들어 있는 것이다. 다급하게 안타까운 느낌이 깃들어 있기 때문에 '……은 ……은 ……은' 하고 다급하고 안타까운 리듬이 깔리게 된다. 만일 그렇지 않고 여러분이 보다 침착하게 좀 더 가라앉는 느낌으로 홍초 새싹에 대한 자기의 행동을 표현하려면

새싹은

홍초 새싹은

하고 한마디마다 생각하며 띄엄띄엄 표현하게 되리라. 좀 더 냉정하게 '생각하며' 홍초에 대한 느낌을 자아내게 한다면

새싹은

홍초 새싹은

하루에 한 번씩 꼭 큽니다.

하고 표현되었으리라. 그래서 읽는 경우에도 '새싹
은/홍초 새싹은/하루에/한번씩/꼭/큽니다' 로 한 마
디씩 띄어가며 '입안에 씹듯' 읽게 된다. 여러분은

새싹은 새싹은 홍초 새싹은 하루에도 한 번씩 꼭꼭
큽니다.

하고 왜 줄줄 잇달아 쓰지 않고,

새싹은 새싹은

홍초 새싹은……

하고 꺾는 줄 아느냐? 한 구절을 꺾을 때마다 마음
의 흐름이 꺾이게 되는 것이다. 이렇게 마음의 흐름
이 어떻게 펴고 꺾이느냐 함은, 우리들의 느낌이 어
떻게 높고 낮고 부드럽고 거세며 잔잔하고 물결치는

것이라 함을 뜻한다.

　지금까지도 여러분은 흔히 4ㆍ4조나 7ㆍ5조의 시를 읽기도 하고 혹은 써 본 일이 잇을 것이다.

　　우리 집 앞마당에 파란손가락
　　—3—　—4—　　　—5—
　　뾰족뾰족 치미는 파란손가락
　　—4—　　—3—　　—5—

　　그 손가락 빌어서 글씨를 쓰면
　　—4—　　—3—　　—5—
　　파란글자 솔솔솔 재미나겠지
　　—4—　　—3—　　—5

　역시 여러분 친구의 작품이다. 위에서 보다시피 7ㆍ5조의 가락을 밟는 시다. 읽어보라. 얼마나 미끈미끈하냐 미끈미끈하게 읽히는 것—그것은 7ㆍ5조의 가락을 밟는 탓이며, 이렇게 7ㆍ5조나 4ㆍ4조의 가락을 밟으면 노래조가 되기 때문이다. 4ㆍ4조나 7ㆍ5조는 '틀에 잡힌 가락'이기 때문에 우리의 참된 느낌을 담기가 힘이 든다. 사실 동시에서 '미끈미끈하게 읽혀지기 때문에 위험한 것'이다. 그것은 자기만의 느낌이 시로서 나타나지 않고 남이 마련해 준 낡은 틀에 자기의 감정이나 생각을 담는 것에 불과한 일이기 때문이다. 남이 마련해준 틀에 어떻게 우리의 참된 느낌을 담을 수 있을 것인가? 이것이야 말로 '멋지게 남의 흉내'를 내는 일이다. 그러므로 여러분은 한시 바삐 '잡혀진 틀' 속에 자기의 느낌을 다듬는 일을 버려야 한다. 바꿔 말하면 4·4조나 7·5조를 버리라는 뜻이다.

참된 생각이나 느낌은 참된 자기만의 가락(리듬) 안에서 솟아나는 것이며, 그것은 자기만의 마음의 흐름을 이루고, 그 무늬를 이루는 것이기 때문이다.

물론 성인들의 작품 중에는 '잡혀진 틀'[定型詩]로서 좋은 작품을 빚은 분도 있다. 김소월(金素月) 선생의 작품은 7·5조를 밟은 것이 많다. 그러나 그런 분은 여러분이 생각하지 못하는 깊은 뜻을 그 틀 안에 베풀어 있는 것이다. 그 '깊은 뜻'을 여러분은 짐작도 못하는 것이며 그렇게 할 필요도 없다. 여러분이 동시를 쓰는 목적은 '좋은 시'를 쓰려는 것보다 자기의 생각이나 느낌을 더 올바르게 나타내려는 일에 보람이 있는 것이다. 그러므로 '글은 다듬는 것' 보다 자기의 느낌을 '올바르게 나타내도록 힘쓰는 것' 이 더 소중하고 또한 뜻 깊은 일이다. 글을 다듬는 일이 곧 느낌을 올바르게 나타내는 일이 아니냐 하고 의심스럽게 여길 사람이 있으리라. 물론 느낌을 올바르게 나타낸 글이 잘 다듬어진 글임에는 틀림없다. 그러나 글을 다듬는 것에만 마음을 쓰게 되면 자기의 느낌과는 다르게 표현에만 사로잡히게 되는 경우가 있다. 그것은 잘못이다. 자기의 느낌과 떠버린 글을 아무리 잘 다듬어진 글일지라도 참된 글은 될 수 없다.

그렇다. 여러분은 아무리 서투르고 어설프더라도 자기의 생각과 느낌이 솔직하게 담긴 '참된 글' 을 써야 한다. 이 '참된 글' 을 씀으로 그 글을 통하여 넉넉하게 자라날 수 있을 것이다. 다만 참된 것이라 함은 '뜻이 거짓되지 않는 것' 뿐만 아니라 느낌이 느낌으로서 나타나야 한다. 느낌이 참되게 깃든 글이라는 것이다.

7. 비유에 대하여

—부룩쇠.

어릴 때 할아버지가 나를 놀리시던 말이다. 부룩송
아지라는 말을 여러분은 아는지. 사진을 뒤져보면,
'길이 들지 않는 송아지' 라고 설명이 되어 있다. 그
러나 우리 고장에서는 부룩쇠라 하면, 성질이 미련
하고 사나운 송아지라는 뜻이다.

—늘 이마빡의 가마자리가 유별나게 곱슬곱슬하고

—늘, 그 커다랗게 퍼런 눈에 환하게 불을 켜고,

—주인도 몰라보고 자칫하면 뿔도 없는 이마빡을
들이대고,

—꼴을 줘도 얼른 입에 대지 않고 엉거주춤 서서
사람을 힐긋이 노려보고. 그러나 부룩쇠만큼 이상스
럽게도 정이 붙는 짐승은 없다. 왜냐고, 장난질을 해
서 텃밭을 말끔 짓밟아 놓고, 어른들이 회초리로 엉
덩이를 때릴 때의 그 표정이란 꼭 나 자신을 닮은,
무슨 친형제 같은 느낌이 들기 때문에. 그리고 만일
옆집 송아지와 싸움이라도 붙게 되면 다부지게 뿔도

없는 이마빡으로 받아 넘기는 그 자랑스럽던 일. 털이 반지르르 한 목을 껴안아 주고 싶은 생각이 들게 된다.

그 부룩쇠, 그것을 할아버지는 어린 손자가 떼를 쓰며 미련스럽게 억척을 부릴 때.

—에잇, 이 부룩쇠 같은 놈.

—이놈, 부룩쇠야.

하고 야단을 치신다. 그러나 어린 나는 그런 야단을 들으면서, 별로 마음이 켕기지 않았다. 왜냐고? 노여워하시면서, 참 마음은 나를 귀여워하시는 할아버지의 생각을 부룩쇠라는 말로써 빤히 들여다보는 것 같았기 때문이다.

만일 할아버지가

—이 쥐새끼 같은 놈.

했다면 나는 좀 더 마음이 언짢았으리라. 쥐새끼라면 얄밉다는 뜻뿐이지 결코 귀엽다는 것이 스며 있지 않는 것이기 때문에.

이 이야기를 동시 쓰는 길로 돌리자. 시라는 것은, 대부분 비유로 이루어진다. 여러분이 잘 아는 「낮에 나온 반달」을 두고 따져 보더라도

낮에 나온 반달은 햇님이 쓰다버린 쪽박인가요.

낮에 나온 반달은 햇님이 빗다 버린 면빗인가요.

「낮에 나온 반달」을 쪽박이나 면빗에 겨누어 비유로 엮은 노래다. 그렇다. 시에서 비유(비슷한 다른 사물을 끌어다 견주어 말하는 것)를 뽑아 버리면 아마 시를 쓰기 어려울 것이다. 까닭은 우리들의 말[言語]이라는 것이 어설픈 것이기 때문이다. 인물이 아름다운 사람의 그 아름다운 얼굴을 일일이 설명하려면 지루해진다. 지루할 뿐만 아니라, 그것은 설명이지 우리가 어떤 사람을 척 만났을 때, 단번에 인상(印象)으로 와 닿는 그 느낌이 아니다.

그래서,

―보름달처럼 환한 얼굴.

하고, '처럼' 이라는 말이 사이에 들어 '보름달' 과 '얼굴' 의 비슷한 느낌을 잇대어 준다. 이것이 비유다.

이런 비유를 캐고 따져보면,

① 모양이 비슷해서 이루어지는 것

―가령 초승달과 면빗, 쪽박이 등.

② 인상이 비슷해서 이루어지는 것.

보름달의 환하게 밝은 것과 아름다운 얼굴이 우리에게 주는 환한 밝음 같은 것 등.

그 외에 촉감(觸感), 혹은 냄새로 혹은 소리로……
여러 가지 가질 수 있다. 그러나 시에 있어서 이 비
유가 이룩하는 구실은 너무나 엄청나게 크다.

어느 작품이 우리에게 싱싱한 느낌을 주는 것—바
꾸어 말하면 새로운 느낌, 새로운 시라는 것에는 비
유가 베푸는 힘이 크다.

꽃송이처럼 아름다운 얼굴.

보름달처럼 아름다운 얼굴.

하면, 그 아름다움이 생생하게 느껴지지 않는다.
비유가 낡았기 때문이다. 낡은 비유라는 것은 누구
나가 다 짐작하는 비유라는 뜻이 된다. 이런 시는 우
리에게 아무런 감명을 주지 않는다. 여러분이 생각
해야 할 문제는 여기에 있다. 참되게 아름답고 싱싱
한 시를 쓰고 싶은 사람은, 싱싱한 비유를 가져와야
한다. 그럼, 어떻게 하면 싱싱한 비유를 쓸 수 있을까?

첫째. 자기만의 느낌에서 얻어진 것이라야 한다.
자기만의 느낌에서 얻어진 것이라 함은 또 어떤 것
인가? 자기만의 생활에서 자기가 유별나게 깊이 느
낀 것을 캐내야 한다.

우리 어머니는

고염나무처럼

상냥하셨다.

오뉴월 햇볕을 담뿍 받은

고염나무의 신선하게 빛나는 모습

어머니의 모습을 고염나무에 겨누었다. 뜻밖이다.
그러면서 무언지 좀 새로운 느낌을 풍겨준다.

내가 글을 쓸 때마다

발발발 다부지게 쏘다니는

몽당연필,

꼭 귀분이 같다.

귀분이를 몽당연필에 겨누었다. 예를 든 두 개가
다 '보름달처럼 아름다운 얼굴' 보다는 새롭다. 그러
나 이런 비유를 다시 내가 첫머리에 든, '부룩쇠' 와
비교해보라 할아버지가 내게 야단을 치실 때.

　—이놈, 부룩쇠 같은 놈.

　하실 때 나를 부룩쇠에 비유하신 것이다. 그 '부룩

쇠' 라는 비유에는, 할아버지가 평소에 촌 생활을 하신, 그 생활의 맛이 깃들여 있다. 그리고 '미우면서 귀여운' 그것이야말로 '무엇이라 설명할 수 없는' 할아버지의 마음씨(심정)가 깃들여 있는 것이다. 깊이가 있다. 그렇다. 우리들의 시에서 쓰이는 비유라는 것은 '무엇이라 설명할 수 없는' 그 깊이와 새로움이 절실한 시를 마련하게 한다.

둘째, 비유는 그냥 비슷한 것을 겨누어 말하는 것만이 아니다. 비유 그것이 곧 시를 꼬느는 마음 그것이다.

아이들이

창마다 얼굴을 내밀고,

참새처럼

재재갈 재재갈

떠들고 있다.

어느 선생이 쓰신 동시에 나오는 비유이다. 지은 선생은 초등학교 선생님이요. 아이들이란 그 학교의 생도들일 게다. 이 구절이 아이들을 참새에 비유한 원인을 따지면,

평소에 그 선생님은

　—조그만 대가리를 갸웃거리며 늘 무엇에 놀란 듯
한자리에 한참을 가만히 못 앉아 있는 참새에 대한
특별한 사랑 그것을 느꼈다.

　—더구나 보얀 참새의 빛깔, 그것은 얼굴도 제대로
못 씻고 학교로 달려오는 아일들의 모습 같은 느낌
을 가졌다.

　—혹은 아무개하고 이름을 부르면, 장난을 치다가
깜짝 놀라 선생을 쳐다보는 생도의 동그랗고 까만 눈,
어쩌면 참새의 까만 또록눈에서 그것을 느꼈으리라.

　그래서 그 선생은 '작고 어린것'에 특별한 '사랑의
눈'을 보내시던 분이다.

　—아마 그 선생은 촌에 사시는 분인가 보다. 그렇
지 않고서야 참새를 깊이 사귈 겨를이 없었으리라.

　—그리고 선생님이 일 보시는 학교의 아이들도 촌
아이들이겠지. 서울이라면 생도들이 참새보다는 더
말쑥했겠다. 이런 여러 가지를 우리는 짐작할 수 있
게 된다. 그러므로 이 구절을 설명하면은 아이들이
교실 문으로 얼굴을 내밀고 얘기하고 있는 모양을
참새들이 여러 마리 나뭇가지에 앉아 지저귀는 모양

으로 비유한 것이면서 '아이들이 곧 참새가 되고 참새가 곧 아이들'이 되는 것이다. 이 말을 여러분은 다시 새겨보라. 비유하는 것과 비유를 입는 것이 따로 따로이지만 어느 한 면만 아니고, '그것이 이것이 되고, 이것이 그것이 되는' 이 깊은 관계를 비유하는 것과 비유를 입는 것이 가지게 되는 것이다. 이것이 시(혹은 동시)에서 비유라는 것의 뜻이다.

셋째, 비유는 새로운 것일수록 우리에게 싱싱한 느낌을 준다. 새롭다는 것은 엉뚱하다는 뜻이다.

소나기에 반쯤 젖은, 나일강(江) 위에 커다란 돛폭처럼
어머니는
내 마음속에 꿈을 올려 주시고……

상상력이 넉넉한 분의 시귀다.

내 귀는 조개껍질.
바다 소리가 그립습니다.

재치 있는 비유다.

불이 난 것은

공작(孔雀) 꼬리에 펴오른

저녁놀.

  화려하고 날카롭다. 그러나 새로운 것이라 해서 새로움만을 취해서는 안 된다. 봄바람은 은단처럼 시원하다 하면, '봄바람'과 '은단'은 새 맛이 들지만 부드럽고 시원한 봄바람이, 약내가 풍기며 입 안이 화해지는 은단 맛과는 사뭇 다르다. 시원하다는 것에도 여러 가지가 있기 때문이다.

  이상으로 비유에 대한 이야기를 끝마치는 것이다. 비유라는 것은 시에서 너무나 큰 문제이기 때문에 도저히 이 짧은 지면에 여러분이 알아듣도록 이야기한다는 것은 어려운 일이다. 끝으로 비유라고 하지만 두 가지가 있다.

  ……처럼

  ……같이

  ……듯

에서 직접 비슷한 것을 잇대어 엮어 버리는 방법.

어머니의 은혜는 태산처럼 높다라는 것은 직접 비슷한 것을 겨누어 잇대어 놓은 것이다. 그러나 때로는 '처럼, 같이, 듯'이라는 말이 빠지고 '내 귀는 조개껍질' '구름은 배'하고 비유하는 것과 비유를 입는 것이 한덩이가 되어 버리는 수가 있다. 이것은 은유(隱喩)라 한다. 넌지시 비유를 한다는 뜻이다.

8. 구조(構造)에 대하여

어릴 때 모래밭으로 가서 모래에 손을 묻고 다독거리며

두껍아 두껍아.

헌집 가져가고.

새집 지어 다오.

노래를 부르며 손을 소롯이 뽑으면 모래가 지붕이

된 집이 된다. 왜 두꺼비에게 부탁했을까? 나도 모른다. 그러나 구멍이 뚫어진 집이 되는 것만이 놀랍고 신기했다.

그 두꺼비 집에 빤댓돌(조약돌)을 깔고, 풀잎새를 따 넣고 우리들의 소꿉살림은 오손도손 재미났다. 더구나 열에 한 번쯤 엄청나게 크고, 아담하고 깨끗한 두꺼비집이 이루어지면, 그것이야말로 우리가 사는 집보다도 더 크기나 한 것처럼 우리는 신이 났다.

동시(童詩)에서도 마찬가지다. 우리가 두꺼비집을 만들면 솜씨가 필요하다. 모래를 다독거리듯 우리는 '시로서 표현하고 싶은 생각' 을 다독거려야 한다. 그러나 그것은 좀처럼 쉬운 일이 아니다. 우리의 생각을 표현해야 할 말들이 모래알처럼 엉겨 붙지 않기 때문이다.

이렇게 표현해도 시원하지 않고, 저렇게 표현해도 마음에 흡족하지 못하다. 말이 우리들의 생각을 소롯이 간직하고 제자리에 앉아주지 않기 때문이다. '시로서 표현하고 싶은 생각' 을 고스란히 안고 엉겨 붙어 두꺼비집이 되도록 말을 다독거려야 한다. 다음에는 모래에 묻은 손을 소롯이 뽑듯이

─그렇지. 그때의 그 가슴이 떨리게 조심스럽듯.

─그렇지. 그때의 바득바득 정신을 모우 듯

우리는 말을 다독거리며, 모래가 어그러지지 않게─비유로 말하면 우리들의 생각이 어그러지지 않게 한줄 한줄 우리들의 생각을 쌓아 올려야 한다.

마침내 손을 쑥 뽑으면,

아아, 엄청난 두꺼비집이 나타나듯, 한편의 동시가 이루어지는 것이다.

─그때의 가슴이 펄럭거리는 놀라움.

─그때의 소리라도 치고 싶도록 가슴이 부풀은 자랑스러움.

그것이 시를 쓰는 즐거움이다.

여러분은 두꺼비 집을 짓는 요령을 아는가? 시에도 그 요령이 있다. 예를 하나 들어 보리라.

꿀벌이 하는 일은
꿀을 따오는 것.

아버지가 하시는 일은
돈을 벌어 오시는 것.

엄마가 하시는 일은

한 푼 남기잖고 돈을 쓰시는 것.

아이가 하는 일은

한 방울 남지잖고 꿀을 먹는 것.

「꿀벌이 하는 일은」

이 시를 곰곰이 생각하며 읽어 보라.

꿀벌은 꿀을 따오는 것.

아버지는 돈을 벌어오는 것.

어머니는 돈을 쓰는 것

아기는 꿀을 먹는 것.

이와 같이 무엇은 무엇을 어떻게 하는 것.

누구는 무엇을 어떻게 하는 것.

……은 ……을 ……하는 것.

으로 이 시가 짜여져 있다. '……은 ……을 ……하는 것'이 작품을 모래가 어그러지지 않게 두꺼비 집을 꼬느고 있는 힘이 된다.

그렇다. 여러분이 아무리 아름다운 생각을 지녔다

하더라도 그것을 '생각나는 대로만' 적어 놓으면 다른 사람에게 깊은 느낌을 줄 수 있는 작품이 되기가 어려울 것이다. 그 아름다운 생각을 어떻게 짜서 '엄청나게 큰 두꺼비 집'을 지을 수 있을 것인가. 생각해 볼 일이다. 예를 하나 더 들자.

무거운 것은
모래하고 슬픔,

짧은 것은
오늘과 내일

이내 무너지는 것은
꽃과 젊음.

깊은 것은 그럼 뭐니?
바다하고 진리(眞理)

「무거운 것은」

이 작품은 '……것은 무엇하고 무엇' 이라는 틀로

서 짜놓은 것이다. 그러나 다시 한 번 이 작품을 읽
어 보자.

　무거운 것은

　모래하고 슬픔.

　실로 엉뚱하게 모래와 슬픔이 대가 되어 우리들에
게 이상한 느낌을 준다. 시를 짠다는 것은 어떤 것으
로 짜느냐 함이 문제가 된다. 그러나 그런 것은 이번
이야기에서는 건드리지 않겠다. 다만 시를 어떻게
짜느냐 하는 것만을 문제로 삼겠다.
　앞에 예를 든 작품을 다시 살펴보기로 하자.
　① 꿀벌은 꿀을 따오고
　② 아버지는 돈을 벌어 오시고
　③ 어머니는 돈을 쓰시고
　④ 아기는 꿀을 먹고
　이렇게 네 가지 사실로 짜 놓을 것이지만 ①과 ④
가 대(對)가 되고 ②와 ③이 대가 되어 있다. 사실 이
작품에서 아기가 노래하고 싶은 것은 마지막 줄 "아
기는 한 방울도 남기잖고 꿀을 먹는 것"이다. 그 생

각(느낌·뜻)을 두드러지게 하기 위하여 ① ② ③이
필요하게 된 것이다.

요만큼 쬐끔 설탕으로

오오 죽이 달게 되네.

요만큼 쬐끔 비누로

오오 내가 깨끗이 되네.

요만큼 쬐끔 햇빛으로

새 싹은 자라나네.

요만큼 작은 몽당연필로

책 한권을 쓸 수 있네.

요만큼 요만큼 작은 초에

하늘하늘 춤 추는 불빛.

아무리 작은 촛불이라도

불빛은 무척 즐겁다.

요만큼 쬐끔 웃는 웃음이라도

웃음은 참 이상하다.

아무리 쬐끔 웃는 아기라도

웃는 아기는

이 세계만큼

귀엽다.

「요만큼」

동시가 짜여진 꼴을 그림으로 나타내면.


```
설      탕→ 쬐끔 ┐
비      누→ 쬐끔 │
햇      빛→ 쬐끔 ├→쬐끔 웃는 웃음.
몽당연필→ 작은 │
초         → 작은 ┘
```


마치 부챗살 같은 것이 된다. 어째서 부챗살이 되
느냐고 이 시의 요점은 "아무리 쬐끔 웃는 웃음이라
도 웃는 아기는 이 세계보다 더 귀엽다" 라는 구절이
다. 이 구절이 중심이 되고, '설탕' 이나 '비누' 나 '햇빛'이나 '몽당연필'이나 '초'는 모두 이 끝 절(요점)을 두드러지게 하기 위하여 끌어온 것에 지나지 않는다. 그러므로 그 모든 것은 아기가 웃는 사실의 뜻을 두드러지게 하기 위하여 부챗살처럼 그것에 모이[集中]게 된다.

숨바꼭질할까. 바람이 속삭인다.
잎새들 하고

숨바꼭질할까, 달님이 속삭인다.
참나무 싹들 하고.

숨바꼭질 하자. 물결이 속삭인다.
모래펄 하고.
숨바꼭질 하자. 내가 속삭인다.
내가 나를 보고.

그리고 나는 잠이 든다.
눈뜨고 꾸는 꿈에서 잠자는 꿈속으로.

「숨박꼭질」

'무엇이 무엇을 보고 숨바꼭질 하자고 속삭이는' 것을 풀이하는 대목으로 짜여진 작품이다.

위에서 예를 든 작품으로 여러분은 '시를 짠다' 라는 말의 뜻을 어렴풋하게나마 짐작하리라. 그러나 내가 위에서 예로 끌어온 작품들은 일부러 여러분이 단박에 알 수 있도록 짜여진 것이다. 그러므로 이토록 눈에 두드러지게 짜 놓은 것만이 좋은 작품이 아니며 그렇게만 써야 하는 것도 아니다.

세계는 참으로

크다지만,

나는 아주

자그맣다.

그런데 엄마는

나와 세계가

꼬옥 같으시다고

오늘 말씀 하셨어

「세계는 참으로」

제목이 「참 이상한 일」이라는 동시다. '짜놓은 흔적'이 얼른 눈에 띄지 않는 작품이다. 호수에 돌을 던지면 풍 하고 물살이 퍼지듯, 자기의 느낌을 잔잔하게 펼쳐 놓은 것이다. 그렇다. 이 작품은 '호수에 물살이 퍼지듯' 짜놓은 것이다. '시를 짠다' 는 것을 위에서 두꺼비 집을 만드는 것과 같다고 했다. 모래를 다독거리듯 우리는 어떻게 생각과 말을 다독거려 또한 모래펄에 묻은 손을 뽑아내듯 우리는 성의를 다해서 한편의 동시를 빚어내야 한다는 뜻이다. 이것을 쉽게 생각하면, 아주 쉬운 것처럼 여러분이 생각할지 모른다. 그러나 결코 쉽지 않다. 다만 여러분이 '시로서 표현하고 싶은 생각' 을,

① 어떻게 펼치는가?

② 어떻게 어떤 모습으로 다듬는가?

이 두 가지가 시를 빚는 데 중요한 점이라는 뜻이다.

물론 이것은 여러분이 자기의 느낌이나 생각을 '어느 것도 척척 표현할 수 있을 만큼 시를 빚는 일에 익숙한 후에 생각할' 문제다. 만일 섣불리 이런 문제에 사로잡히게 되면 오히려 시를 못 쓰게 되는 일이 있다. 그 점을 깊이 생각하자.

◈ 재간행 후기 ◈

　박목월 선생님의 『동시의 세계』(배영사, 1963년)는 60년대 초 처음 간행되었던 것이나 널리 읽히지 못하고 그 자취를 감춘 책이다. 아마 60년대 전후의 혼란 속에서 제대로 독자들에게 읽히지도 않고 사라진 것으로 보인다. 현재 이 책의 존재를 아는 사람은 극히 드물다.

　이에 앞서 간행된 『동시 교실』에 이어 저술된 『동시의 세계』는 자매편으로서 박목월 선생의 동시에 대한 두 번째 저서라는 점에서 이 책의 의미는 크다. 『동시 교실』에서 미흡했던 부분들을 보완하고 여기서 좀 더 나아가 자신의 논지를 심화시킨 것이 『동시의 세계』이다.

그러니까 동시에 입문하는 첫 번째 단계로 『동시교실』을 읽고 다음 단계로 『동시의 세계』를 읽는다면 동시를 지도하는 선생님들이나 동시를 알고자 하는 학생들 모두에게 좋을 것이다. 박목월 선생님이 동시에 대해 이 두 권의 저술을 남기고 있다는 것은 지금에 와 돌이켜보면 우리 아동문학 발전을 위해 커다란 공로가 될 것이다.

모든 어버이가 그러하듯이 목월 선생도 그의 자제들뿐만 아니라 자라나는 세대들에게 동시의 아름다움을 자상하게 가르쳐 주고 싶은 마음을 느꼈을 것이다. 목월 선생이 『동시 교실』에 머무르지 않고 다시 『동시의 세계』까지 저술한 것도 그러한 이유 때문이라 생각된다. 그 이후 아동문학계에서는 다른 저자들에 의해 동시에 대해 저술된 책들이 많이 있었지만 『동시의 세계』처럼 완결된 체계를 가진 것은 찾아보기 힘들다는 점에서 이 책의 가치는 높이 평가된다. 또한 그 내용 면에서 살펴보더라도 여기에 인용된 작품들이 오늘의 어린이들에 그대로 읽혀도 그 새로움이 아직도 생생하게 살아 있다는 점에서 놀랍기도 하다.

먼지가 수북한 서고에 묻힌 이 책을 발굴하고 다시 세상에 내놓는 것은 박목월 선생의 어린이들에 대한 깊은 사랑이 다른 모든 부모들의 마음과 같이 푸르게 되살아나기를 바라는 마음에서이다. 이 책의 존재를 알고 말씀드렸더니 이 책의 견본을 찾아 대여해 주시고 발간할 수 있도록 도움을 주신 아동문학 평론가 이재철 선생님에게 감사드리며 박목월 선생님의 큰아드님 박동규 선생님의 허락과 적극적인 도움에 깊이 감사드린다.

두 분의 도움이 없었다면 반세기 가까이 지난 오늘 이 책이 다시 세상의 환한 빛을 만나기 어려웠을 것이다.

마지막으로 이 책을 위해 표지화와 본문 컷을 그려주신 김선두 화백에게 고마움을 전하며 문흥술 교수의 도움도 기록해 두고자 한다.

2009년 5월

편집자 최동호 씀